古人会玩

比山高图书

对联大语文

入门篇

一颖 著
爱涂星际工作室 绘

长江出版社
CHANGJIANG PRESS

目录

XIAO DUI LIAN DA XUE WEN

小对联里有大学问

“喜剧之王”周星驰有一部非常经典、经久不衰的电影《唐伯虎点秋香》，电影里有这样一幕经典场景——唐伯虎为了追求秋香，化身名为华安的小书童，进入了太师府，正巧遇到了上门找麻烦的宁王。

宁王帐下七省文状元兼参谋将军，人称“对王之王”的对穿肠在和华安（唐伯虎）的“对联 battle”中被对得口吐鲜血，让人爆笑捧腹：

Battle 1

对穿肠：一乡二里，共三夫子不识四书五经六义，竟敢教七八九子，十分大胆

唐伯虎：十室九贫，凑得八两七钱六分五毫四厘，尚且又三心二意，一等下流

（对穿肠：哇，好工整啊。）

Battle 2

对穿肠：图画里，龙不吟，虎不啸，小小书童可笑可笑

唐伯虎：棋盘上，车无轮，马无缰，叫声将军提防提防

（华太师：好好，对得好！）

Battle 3

对穿肠：莺莺燕燕翠翠红红处处融融洽洽

唐伯虎：雨雨风风花花叶叶年年暮暮朝朝

（华太师：华安真行啊！）

（宁王：快出对子对死他啊！）

Battle 4

对穿肠：十口心思，思君思国思社稷

唐伯虎：八目尚赏，赏花赏月赏秋香

……

在第一联中，以倒序数字对仗正序数字，尚只是双方小试牛刀；到了第二联，battle 升级，明面上讲的是图画和下棋，但

语带双关，讥讽对方的身份“书童可笑”，唐伯虎针锋相对“将军提防”；第三联的叠词对仗，其实还有个隐藏的妙处——

倒过来念也一样通顺；第四联所用“拆字术”就可称“妙到巅毫”了，仔细看“十口心思”四字，正是把“思”字拆分为“十”“口”“心”三个字，而唐伯虎所对“八目尚赏”也是把“赏”的繁体拆分而成。对联大战以对穿肠口中狂喷鲜血结束。

《唐伯虎点秋香》是1993年的电影，迄今为止已近三十年。今天我们重温这一幕，丝毫不觉落后于时代，反而愈觉其趣味无穷。

这就是“对联”的魅力，历久弥新！

在文艺作品中运用对联，既增文化底蕴，又添趣味性。已故武侠小说大宗师金庸先生的代表作《射雕英雄传》第三十四《一灯大师》中有这样一个情节：

郭靖背着受伤的黄蓉去找归隐的一灯大师疗伤。在其归隐处，有“渔樵耕读”四大弟子分别把守关卡。其中的“读”，给靖蓉二人出了对对子的难题——

那书生挥扇指着一排棕榈道：“风摆棕榈，千手佛摇折叠扇。”这上联既是即景，又隐然自抬身份。

黄蓉心道：“我若单以事物相对，不含相关之义，未擅胜场。”游目四顾，只见对面平地上有一座小小寺院，庙前有一个荷塘，此时七月将尽，高山早寒，荷叶已然凋了大半，心中一动，笑道：“对子是有了，只是得罪大叔，说来不便。”那书生道：“但说不妨。”黄蓉道：“你可不许生气。”那书生道：“自然不气。”黄蓉指着他头上戴的逍遥巾道：“好，我的下联是：‘霜凋荷叶，独脚鬼戴逍遥巾’。”

这下联一说，那书生哈哈大笑，说道：“妙极，妙极！不但对仗工整，而且敏捷之至。”郭靖见那莲梗撑着一片枯凋的荷叶，果然像是个独脚鬼戴了一顶逍遥巾，也不禁笑了起来。黄蓉笑道：“别笑，别笑，一摔下去，咱俩可成了两个不戴逍遥巾的小鬼啦！”那书生心想：“寻常对子是定然难不倒她的了，我可得出个绝对。”猛然想起少年时在塾中之时，老师曾说过一个绝对，数十年来无人能对得工整，说不得，只好难她一难，于是说道：“我还有一联，请小姑娘对个下联：‘琴瑟琵琶，八大王一般头面’。”黄蓉听了，心中大喜：“琴瑟琵琶四字中共有八个王字，原是十分难对。只可惜这是一个老对，不是你自己想出来的。爹爹当年在桃花岛上闲着无事，早就对出来了。我且装作好生为难，逗他一逗。”于是皱起了眉头，作出愁眉苦脸之状。那书生见难倒了她，甚是得意，只怕黄蓉反过来问他，于是说在头里：“这一联本来极难，我也对不工稳。不过咱们话说在先，小姑娘既然对不出，只好请回了。”

黄蓉笑道：“若说要对此对，却有何难？只是适才一联已得罪了大叔，现在这一联是一口气要得罪渔、樵、耕、读四位，是以说不出口。”那书生不信，心道：“你能对出已是千难万难，岂能同时又嘲讽我师兄弟四人？”说道：“但求对得工整，取笑又有何妨？”黄蓉笑道：“既然如此，我告罪在先，这下联是：‘魑魅魍魉，四小鬼各自肚肠’。”

那书生大惊，站起身来，长袖一挥，向黄蓉一揖到地，说道：“在下拜服。”黄蓉回了一礼，笑道：“若不是四位各逞心机要阻我们上山，这下联原也难想。”

第一联

风摆棕榈，千手佛摇折叠扇

霜凋荷叶，独脚鬼戴逍遥巾

第二联

琴瑟琵琶，八大王一般头面

魑魅魍魉，四小鬼各自肚肠

在这两副对子中，双关、借喻、拆字、讥讽……无一不用得淋漓尽致，绝不绝，妙不妙？所以我们可以说，**对联其实也是古人玩的文字游戏。**肚里没点经史子集、诗词歌赋的累积，恐怕还玩不转这高级的游戏呢。

小对联里有大学问，仅在以上两个例子里可见一斑。周星驰和金庸在作品里用到的对联，并不是他们的原创，而是**源于中国历史文化长河里的沉积，**我们编写这一套书，就是**想打捞起这些沉淀千年的智慧结晶，**同时，也让正在阅读这套书的你知道，在没有短视频、没有手机游戏的中国古代，人们是怎么“玩”的，他们玩过的游戏，能给今天的我们带来什么启迪。

沉淀千年的智慧结晶

对联

流行千年的全民『演唱会』

流行千年的全民“演唱会”

泱泱华夏，两千年以来，每逢传统的新春佳节，地无论南北，人不分老幼，家不论贫富，门不讲大小，家家户户都要买红纸、写春联、贴春联。大门、房门、厨房门、牛棚、猪圈、鸡笼，有门的地方就有联，到处是红彤彤一片。没有人号召，也没有人发动，全国上下家家户户都自觉地做着同一件事——贴春联。

写对子、贴对子，是中华民族影响最久远、分布最广泛的一种传统民俗，广大老百姓可以不读小说、不朗诵诗歌，不听戏剧，不看电影，但唯独不能没有对联。在旧时的乡下，识文断字的人少，但凡念过几天书的人，每年的腊月二十以后，他们就会从早到晚为全村的人写春联。河南省流传着这样一个小故事：从前，有户人家因不识字又一时找不到识字的人，只好裁了红纸，用碗底儿蘸上墨汁在红纸上印几个圈当春联。

那时城里的大街小巷、各地大大小小的乡间集市，也到处可以看到为人写春联的小摊。这是一些潦倒的文人，借着除旧迎新，做一些临时的笔墨生意。他们通常会预先在街头贴出一些小广告，上面写着：“书春”“借纸学书”“结翰墨缘”“点缀年华”……一到了腊月二十三前后，小摊便一个一个地支了起来，为大家写春联。

进入移动互联网时代，人们的生活已经发生了天翻地覆的变化，物质生活前所未有的丰富，精神生活更是异彩纷呈。很多旧有的春节习俗已经逐渐被人们淡忘，但春联习俗却历久弥新。到了春节前夕，人们可以随时从超市、书店、网店等各种渠道买到制作精美的春联，但仍有很多家庭保持着自己创作并书写春联的习惯。多年来，全国各地的文化馆、楹联学会、书法家协会还纷纷组织着各种送春联、春联大赛等活动，这些活动还波及海外。

著名的红学家周汝昌说：“春联是举世罕有的最伟大、最瑰奇的文艺活动。”这话丝毫不夸张。写对联在我国是一种覆盖面最大、参与人数最多的群众文化活动形式和艺术形式。之所以称其为“独有”，因为在其他国家是没有的，尤其是使用蟹行文字的欧美各国，均不可能有这种形式。日本等国如果撰写对联，也必须使用汉字。

2006 年 5 月，国务院正式将“楹联习俗”列入非遗名单。《国务院关于加强文化遗产保护的通知》指出，非物质文化遗产是文化遗产的重要组成部分，是我国历史的见证和中国文化的重要载体，蕴含着中华民族特有的精神价值、思维方式。它告诉我们青少年，中国楹联不仅是中华民族非常重要的文化遗产，那些历代流传下来的经典对联，还蕴含着极其丰富的历史文化知识。青少年学习对联写作的同时，还要在欣赏经典对联的过程中，吸纳中国传统文化的精髓，真正肩负起传承和发扬的使命!

小知识

楹联：指用于厅堂、寺庙、宫殿等建筑物柱子上的对联，“楹”就是柱子。大约在清末，文学家梁章钜的一系列关于楹联的著作问世，“楹联”就正式作为对联的雅称、统称流传开来。但在实际应用中，“对联”才是我们最为常用的叫法。本书也沿用“对联”这个名称。

桃符

写在桃木上的驱鬼符

对联的起源

写在桃木上的驱鬼符——对联的起源

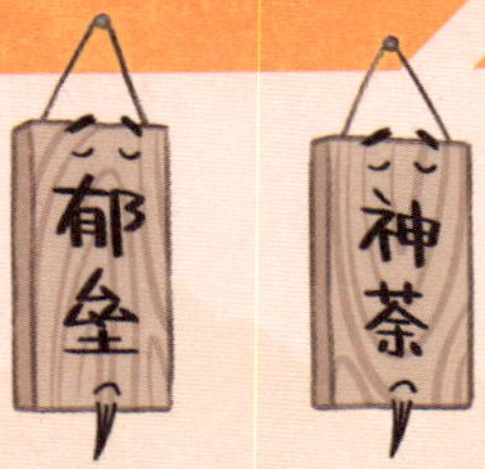

对联作为一种独特的文学形式，在我国有着悠久的历史。它肇始于五代十国，兴盛于明、清两代，发展到今天已经有一千多年了。据记载，**最早的对联起源于桃符**。桃符是什么呢？

在古代，由于人们对自然界的种种现象缺乏科学的认识，大年三十这天被认为是“诸神退位”“鬼蜮（yù）为祟”的一天，所以要画符压邪。据传，从春秋战国时期起，每逢农历新年，人们就将“神荼（tú）”和“郁垒”两位神仙的名字或形象分别刻画在两块宽一寸长一尺的桃木上，并悬挂在家门口。

为什么桃木能避灾驱邪呢？这个典故又出自哪里？

根据《黄帝书》《山海经》等记载：远古时代有一座山叫作度朔山，山上有一个叫作鬼蜮的世界。在鬼蜮的门口，有一棵巨大的桃树，树冠大到能覆盖周边三千里地。这桃树上住着一只金鸡，每当清晨的第一缕阳光照在金鸡身上，它就会尖声鸣叫，于是全天下的公鸡都随之鸣叫起来。那些夜里在人间游荡的鬼魂们一听到鸡

啼，便必须立即返回鬼蜮。鬼蜮的西南方大门由神荼镇守，东北方的门由郁垒镇守。如果这些鬼魂在夜间做了为害人间的事，这两位天神就会立即将它们捉起来，用绳子捆住送去喂老虎。因而，所有的鬼魂都畏惧神荼和郁垒。

由此，古人们认为桃木是可以辟邪的。实际上，桃木板上刻写的“神荼”和“郁垒”，就是神名对神名，是一副二言对子，也是对联的雏形。再后来，人们在桃木上写一些吉利话，这就难免引起一些文人的雅兴，他们在上面随意题两句诗，于是产生了所谓的“桃符诗句”，这大概就是春联的雏形了。

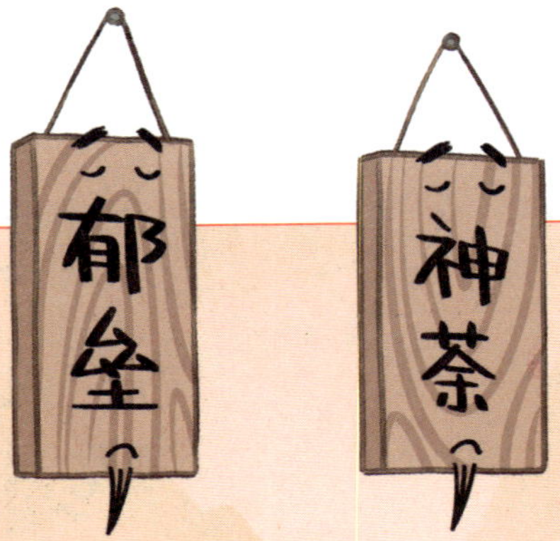

春联

千门万户曈曈日，
总把新桃换旧符

对联的发展

千门万户曈曈日，总把新桃换旧符——对联的发展

那么，对联究竟起于何时呢？

事实上，关于桃符演变成春联，有很多种讨论，但主流的看法还是认为，最早的对联是五代时期后蜀末代皇帝孟昶的桃符题词。

据历史记载，五代时期，后蜀的宫廷里开始在桃符上题联语。当时，孟昶每逢岁暮，都会命学士在桃符上写一些词句，放在自己的寝宫两侧，并称之为“题桃符”。有一次，辛寅逊受命题桃符，孟昶嫌他作得不好，便亲自题写：

新年纳余庆
佳节号长春

这大概就是我国有史可查的最早的一副春联。

从那之后，文人学士都开始仿效，把题春联视为雅事。进入宋代以后，大臣们以向皇帝、后妃进献春联为荣。而且贴春联的习惯也很快流传到民间，新年悬挂春联已经相当普遍了。因此，王安石的《元日》诗中写的“千门万户曈曈日，总把新桃换旧符”就是当时春联盛况的真实写照，而**“桃符”也成为了春联的别称。**

到了明代，春联被正式肯定，作为一种独立的文体推广开来。

而这要归功于当时的皇帝——明太祖朱元璋。据记载，朱元璋酷爱写对，不仅自己挥毫书写，还常常鼓励下臣书写。他在金陵定都以后，命令大臣、官员和老百姓，除夕前都必须书写一副对联贴在门上。并且，他还会亲自穿便装出巡，挨门挨户地观赏品评。

据传，有一年除夕，朱元璋微服出巡，看见各家各户门口都贴着春联，龙心甚悦。当他行至一户人家，见门上没有春联，便问何故。原来这家主人是个杀猪的屠户，大字不识一个，正在发愁找不到人写春联。朱元璋闻言，当即挥笔为这户人家写下了一副春联：

双手劈开生死路

一刀割断是非根

从这个故事可以看出，正是朱元璋对春联的大力提倡，推动了春联在民间盛行。当时的文人也把题联作对当成文雅的乐事，写春联便成为一时的社会风尚。

到了清代，春联的思想性和艺术性都有了大幅的提升。乾隆、嘉庆、道光三朝，不仅仅是春联，各种对联都如盛唐的律诗一样盛行，出现了不少脍炙人口的名联佳对。

随着各种对联形式的盛行，对联的用途也越来越广：结婚、丧

事、祝寿、赠礼、建房、乔迁等都可以写。按照对联的用途大致有以下几个种类：春联、喜联、寿联、挽联、装饰联、行业联、交际联、哀悼联、名胜联、格言题赠联和杂联。

如果把五代比作对联的幼儿时期，宋朝就是对联的少年时期。照理说，元朝应该是对联的青壮年时期，但由于种种原因，对联在元朝是基本没有发展的，流传下来的对联也极少。对联真正兴盛是在明清两代，那时，撰写对联的高手层出不穷，同时关于对联的专著也随之问世，《楹联丛话》就是其中较有影响的一本。

对联发展到今天，无论从思想内容上，还是从艺术形式上都已经有所突破。人们渐渐地放宽了对对联的对仗和声律的约束，而侧重在内容的表达。

另一方面，随着华人远涉海外，对联还传入朝鲜、日本、东南亚等国家，这些国家至今还都保留着写对联、贴对联的风俗。其实远远不止在这些国家，华人早把这一风俗随身携带，走到哪里就带到哪里。1925 年孙中山先生逝世时，全球华人在世界各地都举行了大大小小的追悼会，各界人士所写的挽联多达数十万副。可见炎黄子孙的对联情节有多么深厚。毫不夸张地说，世界各地，凡有华人处，就有对联。

楹联习俗在华人居住的国家，在全球使用汉语的地区，以及与汉语言有文化渊源的民族中传承，对于弘扬中华民族的优秀传统文化，有着重大的价值。时至今日，在全球性的“汉语热”中，尤其如此。

民间对联故事小剧场 1

热搜榜　话题榜　同城榜　好友搜

实时热搜，每分钟更新一次

1　自嘲的秦状元　沸　120454

同城榜　好友搜

竟然！　沸

为华安！　热

错大师　荐

4　惊！吵架高手居然是……　热

2　一“联”惊人　热　87852

自嘲的秦状元

乾隆时期，有一位名叫秦大士的状元。相传，他跟著名文学家袁枚等人一起游西湖时，经过岳坟，大家看到秦桧夫妇的跪像，七嘴八舌地议论了一通。袁枚发现秦大士一脸尴尬，故意和秦大士开玩笑说："秦公，我们今天作副对联吧！我出上联，你对下联如何？"于是随口吟道：

人从宋后羞名桧

秦大士红着脸应对：

我到坟前愧姓秦

DUI LIAN

一“联”惊人

星期六

道光年间，翰林院修撰林召棠获准荣归故里省亲。途经苏州时，住在苏州的广东会馆里。

家乡新科状元来了，会馆自然要设宴接风。席间，一些当地官绅、才子作陪。苏州是文化古城，人才云集。仅清代就出了二十六名状元，号称状元之乡。因此，在座的人都有点藐视来自边远省份的林召棠，加上他衣着简朴，谈吐无华，就想作弄他一番。有人故意说：“敝地新建一座关帝庙，还缺一副佳联，恭请林状元题对联赐书。”林召棠察言观色，早知其意，颔首微笑并不推辞。不一会儿，文房四宝献上来了，林召棠没有犹豫，神态自若地握笔在手，说了一声：“献丑了！”一挥而就：

匹马斩颜良，河北英雄皆丧胆
单刀会鲁肃，江南才子尽惊心

这副题关帝庙联，句句不离关帝事迹，用典准确，对仗工整，音韵铿锵，意境豪放，笔力雄健，同时又暗含对自视甚高的江南才子的讥贬，充分显示了状元郎林召棠的文才和笔力。于是满座惊服，气氛大变。这副对联很快传遍大江南北，成为翰墨趣闻。

DUI LIAN

吵架高手

星期六

清朝末年，日本海军舰队大举侵略朝鲜。当时，户部尚书翁同龢（hé）是主战派，北洋大臣李鸿章是主和派，两派政见各异，争论不休。一天，李鸿章退朝后调侃翁同龢说：“我近日偶得一句下联，可是上联老想不好。你是对联高手，请赐教！”随后便念出下联：

司农常熟世间荒

翁同龢是常熟人，时任户部尚书，掌管全国土地及赋税，相当于古代官职中的司农。

翁同龢坦然一笑，立即回敬：

宰相合肥天下瘦

李鸿章是合肥人，时任北洋大臣，掌管内政和外交，相当于宰相。

李鸿章顿时哑口无言。二人都以职务和籍贯以及时事相互嘲讽，还各自互对，用“荒”对“熟”，“瘦”对“肥”，又都是一语双关，实在是巧对、妙对！

小小纠错大师

传说，明朝万历年间杭州府出了个神童名叫余智殊。他才思敏捷，聪明过人，并有“治文章病”的才能，用现在的话来讲，是个“纠错大师”。当时的知府大人听说治下有这么个神童，便派人将余智殊召进府衙。13岁的小神童进了府衙毫无惧色，昂然挺立。知府大人打量了他两眼，指着堂上一副对联问道：“听说你能治文章病，你看这副对联毛病何在？”余智殊念来：

子当承父业

臣宜报君恩

佘智殊说道："大人，这对联的确有问题。这上联'子当承父业'儿子在上，父亲在下，儿子怎能站在父亲头上；这下联'臣宜报君恩'臣在上，君在下，这不是君臣颠倒吗？"知府大人一听，觉得这孩子言之有理，随即让小神童"治病"，佘智殊便摇头晃脑地默吟起来，然后说道：

君恩臣宜报
父业子当承

知府大人听他说完，不禁称赞："果真神童也，日后必成大器。"

次年，京城开科，佘智殊赴京赶考，主考大人见他活泼可爱，问他何姓？佘智殊答道："姓佘。"主考大人一听便出句取笑他：

余小童脚下一横，难作金龙过海

佘智殊反问道："敢问大人贵姓？"主考大人回答："姓王。"佘智殊灵机一动，回敬主考大人一句：

王老师腰加半点，可为玉柱擎天

主考大人听了十分高兴，非常赏识他的才华，后来再看他的考卷，果然是才华横溢。余智殊获甲科第三名，为探花及第。

大才子玩转谐音

明朝才子徐文长，从小性情耿直，嫉恶如仇。他的家乡绍兴有个退隐在家的大官，曾经中过状元，后来利用权势给儿子也弄了个状元。这父子俩横行乡里，当地百姓对他们敢怒不敢言。

有一年除夕，父子俩在大门上贴了一副春联：

诗第一，书第一，诗书第一
父状元，子状元，父子状元

徐文长早就对这父子俩心怀不满，一直想找机会治一治他们。见他们贴出这种目空一切的对联，心想机会来了。跟这父子俩住对门的那家人正好在找人写对联，徐文长便主动请缨，只见他写道：

熟地一，生地一，熟生地一
附当归，子当归，附子当归

熟地、生地、当归都是常用的中草药材，徐文长表面写的是中药，但实际上是巧用了谐音，“熟生”谐音“畜生”，上联骂他父子俩是畜生；下联用“附”谐音“父”，“归”谐音“龟”，意即父当龟，子当龟，父子当龟。这谐音梗真是巧妙又不动声色。

状元父子看了对联后气得七窍生烟，但也不敢得罪徐文长，悄悄把春联撕去了事。

DUILIAN

知交妙对

星期六

清代诗人周渔璜，少年家贫。父亲在外做帮工，挣几个钱养家糊口，有点闲钱就为周渔璜买几本书。周渔璜嗜书如命，因为家里点不起油灯，晚上他就到离家不远的庙里，借着佛像前的长明灯读书。日积月累，周渔璜年纪轻轻，便已满腹经纶。

话说周渔璜在庙中苦读时，与庙中的方丈深交，两人时常在一起吟诗作对。有时高兴起来就互相打趣，是一对忘年交。

在一个严冬的深夜，方丈与周渔璜研究诗词，又到东方发白，二人互视，会心一笑。抬头间，方丈望见凛冽寒风中摇晃的梅枝，随口道：

梅蕊未开，光棍先生白嘴

周渔璜一听，知道又在取笑他了。此时吹来一阵寒风，吹弯了院子里的花椒树，树上几根未落的花椒荚在寒风中咯咯作响，周渔璜灵机一动，便说道：

椒实既熟，夹壳长老黑心

方丈听出了周渔璜在调侃自己。尽管如此，方丈仍为其才

华横溢感到欣慰。

后来，周渔璜在朝廷做了大官，他对方丈始终念有旧情，常常对人说：“我能有今天的成就，还有方丈的一半功劳呢！”

春联

关于对联的功能

对联的运用

千家万户的“朋友圈”

随着对联大范围的运用，其作用也越来越多，一般来说大致可以分为六个方面：

小课堂

对联小课堂第1课
对联的功能

针砭时弊；点缀名胜古迹；勉励或劝诫；贺喜或志哀；戏谑；记录历史。

第一，针砭时弊。在封建社会，底层人民是没有话语权的，于是对联就成为当时的“自媒体平台”——类似于今天我们每天都免不了要刷的“微信朋友圈”。对联虽然短小，但讽刺警醒效果却十分明显。

清末，有一位接受过新思想教育的文人到广西印山寺游玩，见寺内香烟缭绕，令人窒息，更有许多善男信女，求佛跪拜。他痛恨迷信毒害人们的思想，为民众的愚昧感到悲哀，便题了一副对联：

积德降祥，行善降祥，试看那恶霸板爷，人事促成遭殃

物质不灭，能力不灭，要学习农工阶级，劳动即可更生

此联批判迷信思想，道出人们受压迫的原因，更难能可贵的是，他道出了自力更生的道理。据说，此联影响很大，好长一段时间，很少有人光顾这间寺庙。可见这副对联产生的作用，比那些冗长的说教更有力。

第二，点缀名胜古迹。《红楼梦》第十七回《大观园试才题额，荣国府归省庆元宵》中贾政说：“偌大景致，若干亭榭，无一字标题，也觉得寥落无趣，任有花柳山水，也断不能生色。”一副对联，虽寥寥数语，却往往能把当地当时的人物、景色、感触都概括出来。使得情景交融，景生情，情生景，情景相生。

例如，安徽采石矶太白楼有这样一副对联：

荐汾阳再造唐家，并无尺土酬功，只落得采石青山，供当时神仙笑傲
喜妃子能谗学士，不是七言招怨，怎脱去名缰利锁，让先生诗酒逍遥

这副联就讲了李白的两个故事。第一个故事是说，李白在长安街头见郭子仪被绑赴刑场，便挺身相救。后来李白犯罪落刑，郭子仪又去救他。唐代“安史之乱”，郭子仪任朔方节度使，在河北击败史思明，又在收复长安、洛阳时立功。当年救了郭子仪，并举荐他入朝的李白应有大功劳，然而“并无尺土酬功”，只留下这样一个风景胜地“供当时神仙笑傲”。

第二个故事是说，唐玄宗与杨玉环赏花，想听乐助兴，便差遣李白写了《清平调》三首。谁知高力士进谗言，说词里“可怜飞燕倚新妆”是把贵妃比作赵飞燕。这本来是李白的政治生涯里的一个挫折，而对联作者却用“喜”字开头，认为李白若不受谗害，就不能脱去名利枷锁而“诗酒逍遥”，也写不出那么多流芳千古的浪漫诗篇了。

第三，勉励或劝诫。这类对联语言简朴，意味深长，能使人从中得到启迪，悟出一个道理或做人的学问，劝勉自己。例如晚清名臣林则徐的这副对联：

海纳百川，有容乃大
壁立千仞，无欲则刚

上联告诫自己要广泛听取各种不同意见，下联砥砺自己杜绝私欲，做个刚直不阿的人。

第四，特殊日子的贺喜或志哀。所谓特殊的日子是指节日、生日、婚嫁之日、对逝者悲悼之日等。

在长辈师友生日送寿联，以示尊重；在婚嫁、添子、盖新房之日送贺联，以示庆贺；亲近的人去世，要写挽联，表示哀悼。

1941年，在重庆大学师生为著名经济学家马寅初举办的六十寿辰大会上，新华日报社赠送了一副寿联：

不屈不淫征气性
敢言敢怒见精神

此时，马先生正在国民党政府的监狱里，这副寿联高度评价了马先生刚正不屈的崇高品质。

第五，戏谑。这类对联一般流行于文人学者之间。大家相聚之时，饮酒联句，既为聚会增添了雅兴，也是文才学识的交流。这类对联一般对得比较精巧，**强调趣味性，因此也比较容易被传播。**比如：

醉汉骑驴，颠头簸脑算酒账
艄公摇橹，打恭作揖讨船钱

相传苏东坡与秦观同舟出游，苏东坡见岸上有一个醉汉骑着驴，

一脸的滑稽相，就做了一副上联，秦少游见艄公摇橹的可笑劲儿，遂对了下联。这两位诗人一边赏景，一边吟诗作对，其乐无穷。

第六，记录历史，学习历史。对联在历史上被许多文人骚客所追捧，因而许多名联流传至今，有许多历史事件和历史人物以这种名联为载体而广为人知。对联用于记载历史，反映时代风貌，发表作者对历史事件与历史人物的看法，从而为历史研究提供了非常有价值的资料。

一副对联就是一部历史，一面镜子。青少年通过阅

读与撰写对联，不仅能体验汉语言文字之美，还可加深对历史知识的理解与记忆；并也能用自己的笔，记录当下，从而提升自身人文素养。

在接下来的篇章中，我们将带领大家，学习对联知识，并从一行行短小的联句出发，去畅游那辽阔的文学与历史的海洋。

对联

不一样的对联民俗

对联的运用

形形色色的对联民俗

在旧时，上至宫廷，下到民间，还形成了各具特色的对联民俗。

因为春联是人们最熟悉的对联种类，就先说说与春联相关的民俗。俗话说“三里不同俗，五里改规矩”。贴春联的门道，也是一个地方一个样。

春联一般是用大红色的纸张来书写，借以渲染喜庆热烈的节日气氛。但在清朝的宫廷和宗室皇族的家里，过春节时却贴白色春联，并认为这是一种特权，不允许他人随便使用。

在江汉平原的农村，大门的春联最是讲究，外侧用红纸书写篇幅大的春联，称为“主联”；内侧则用绿色或粉色书写小幅的春联。**这样看上去层次分明，异彩纷呈，增强了整体的美感。**

在江南的有些地方，亲人去世三年内的春联，若逝者为男性用青色，逝者为女性用黄色，以示悼念。

再如，每年春节后，在云南丽江古城，除了红色春联，时

常会见到白色、绿色或者黄色的彩色春联。这是丽江纳西族人在亲人离世后张贴的春联。从春联的颜色上，可以判断出亲人离世的时间：白色是刚去世，绿色是去世一年以后，黄色是两年，过了三年依旧贴红色春联。这种民俗也是各地都有，呈现的方式大同小异。

在福建、闽南一带的农村，当地的春联习俗又是另一番景象。乡村农家，房多门多，除了贴红色春联以外，房门两侧还要放两株贴着红纸的甘蔗，叫“门蔗”。原来，当地方言“蔗”字与“佳”字读音相近，寓意“进入佳境”。

据说在明代，在浙江杭州一带的风俗中，春节时常贴“无字春联”，取“一年无事”的意思，也就是祝愿全家平安。清代到民国时期，广西桂林一带也曾流行“无字春联”。

有“长寿之乡”之称的湖北钟祥，有这样一个独特的习俗：春节前夕，要贴一副长寿老人亲笔写的春联，以祈盼来年拥有更多的吉祥和幸福。

在过去，不少地方**写春联、贴春联也大有讲究。**研墨的水，贴春联的顺序，都有一套说法：研墨不能用茶水，因为给去世的人写挽联才用茶水。贴春联的讲究就更多，得先从院门贴起，如果自家的院门对面有墙的话，先在对面的墙上贴上“抬头见喜”或“出门见喜”之类的红纸条；再按大门、二门、正屋门、堂屋门、内室、厨房等顺序，从外向里贴。这样贴有聚财之意，即把财神从外向里请的意思。

对联

对联到底属于哪种文体

对联的文体

对联到底属于哪种文体

从清代开始，就有不少人在讨论对联到底是什么。有人说对联是“诗余”，有人说对联是“文学之支流”，有人说对联是“小品”，有人说对联是“应用文”，也有人说对联是“游戏文字”……诸如此类，不一而足。

概括起来，集中于三种观点：文学文体、实用文体、游戏文体。

湖北省楹联学会副会长郭省非先生说：对联是文学，是艺术，是格言，是哲学，是智慧，是诗行，是民俗，是乐趣，是力量。总而言之，对联是实用的文学体裁。

但即便是有如此清晰的界定，对联这种文学体裁，在文坛上也一直未受到应有的重视，被历朝历代的文人看作雕虫小技、笔墨游戏，即便是近代的对联高手梁启超也称对联是“苦痛中的小玩意儿”。

对联不受重视的原因大概有三点：

一是对联的字数不多，大部分古代文人认为很难写出不朽之作；

二是据史料记载，历代皇帝之中，除了明朝的朱元璋，很少有提倡对联创作的；

三是在古代的科举考试中，对联从未作为单独试题出现。

新中国成立之后，对联作为有广泛群众基础的艺术形式，越来越受到重视，各种征联活动相继举行，各种有关对联艺术的书籍相继出版，出现了前所未有的繁荣景象。它作为人们文化生活的一个组成部分，已堂堂正正地跻身于文学之列。

XIAO DUI LIAN DA XUE WEN

民间对联故事小剧场 2

热搜榜　话题榜　同城榜　好友搜

实时热搜，每分钟更新一次

1　解缙妙对战群儒　沸　120454

同城榜　好友搜

竟然!　沸

为华安!　热

错大师　荐

4　惊!吵架高手居然是……　热

2　什么东西　热　87852

解缙妙对战群儒

明朝翰林大学士解缙堪称诗词名家，他自幼聪明好学，七岁能诗善文，而且生性刚直。

九岁时，父亲带解缙到长江边洗浴，父子把衣服脱了挂在江边一老树上。父亲即景出句曰：

千年老树为衣架

解缙随即对句曰：

万里长江做浴盆

过了几年，有一位告老还乡的李尚书，听说家乡有这么一位少年才子，有心要考他一考。于是，他宴请当地的文人学子，又请大家出句，叫解缙前来应对，有意当众奚落他一番。

解缙来到李府，只见大门紧闭。家丁说主人吩咐，请他从小门进入。解缙站在大门口硬是不从。李尚书见状出来大声说：

小子无才嫌地狭

解缙随即答：

大鹏展翅恨天低

尚书听了大吃一惊：呵，这小子口气倒不小。忙命人打开中门相迎。

刚入席，就有人想借题嘲笑解缙的家世，因他家境贫寒，母亲在家做豆腐，父亲上街叫卖。这人道："听说才子能出口成对，今日请你以你父母的生计为题如何？"解缙听了，明知是奚落自己，不慌不忙地吟道：

肩挑日月上街卖
手把乾坤日夜磨

众人听了，无不拍案叫绝。

又有一人见解缙身穿绿袄，便出一上联讥讽他：

井里蛤蟆穿绿袄

解缙见那人身穿红袄，灵机一动说出下联：

锅中螃蟹着红袍

那人听了暗中叫苦：这小子好厉害，我把他比作活蛤蟆，他却

把我比作死螃蟹。

酒过三巡，尚书欲压服解缙，用手往天上一指，自鸣得意地说：

天作棋盘星作子，谁人敢下

解缙听罢，用脚在地上一顿说：

地作琵琶路作弦，哪个能弹

尚书见他气势十足，不禁摇头苦笑，竟也奈何他不得。

随后，解缙举杯祝酒道：“难得今日群才雅集，我愿题赠一联助兴。”尚书听罢，忙叫人拿来文房四宝。解缙挥毫舞墨，然后掷笔大笑而去。

众人走过来一看，瞠目结舌半天说不出话来，原来这是一副借物寓讽联：

墙上芦苇，头重脚轻根底浅
山间竹笋，嘴尖皮厚腹中空

DUI LIAN 什么东西

星期六

明朝政治家、文学家赵南星从小聪明好学，被誉为冀中一带的神童。有一年，闽南有位才子路过赵南星的家乡高邑。他在客店与店主闲聊时，得知当地出了个神童赵南星，便起了心思要见上一见。

第二天，才子来到客店对面的酒楼喝酒，正巧，赵南星打这儿经过，店主便将他领了进来。才子打眼一瞧，只见这赵南星，是个身高不足三尺的小毛孩子，身上穿着布棉袄，头上却戴着一顶夏天的破草帽。才子便朝他招招手，漫不经心地说：“孩子过来。”

赵南星彬彬有礼地走上前，欠身拱手道：“先生有何见教？”才子说道：“听说你是个神童，能诗善对？”赵南星笑着答道：“神童不敢当，对句倒无妨。”

才子道：“好，我就出一个上联，看看你的能耐。”于是，才子念出上联：

穿冬衣戴夏帽糊涂春秋

赵南星一听，立即毫不留情道：

生南方来北方什么东西

闽南才子原想戏弄这位小神童，没料到反遭奚落，入夜就灰溜溜地走了。

DUI LIAN

跃龙门的毛贼

星期六

明朝崇祯年间，山西有个著名才子叫顾永顺。他小时候非常聪明，常跟大人们吟诗作对，塾师特别喜欢他，料定他日后必成大器。

有一次，顾永顺和同学偷吃邻居家的桃子被抓。塾师气得咬牙切齿，问他们谁带的头，但无论塾师怎么大声训斥，就是无人开口承认。

过了一会儿，塾师拿出戒尺，一边挥舞着，一边恶狠狠地说：

钻狗洞，偷毛桃，谁

塾师见学生们还是不开口，便将戒尺猛地一拍桌说：“要是交不出为首的，每人重打三十戒尺！”

几个学生吓得哭了起来。顾永顺见势不好，生怕连累他人，连忙走到塾师面前答道：

跳龙门，折桂枝，我

塾师见是顾永顺，又听他对得工整，好气又好笑。塾师向农家赔了不是，便打发他走了。

注：古人将科考称为“跃龙门”，“折桂枝”借喻高中进士。

DUILIAN

妙对娶娇娘

星期六

明朝末年，河南商丘吴员外家，生有一对孪生女儿。大女阿香，小女阿娇，都生得亭亭玉立，惹人喜爱。吴员外视二女为掌上明珠，一心想为女儿们选择才貌双全的女婿。

吴员外先为大女儿阿香物色了一位商丘有名的才子——杨德宽。成亲那天，酒席上有位来宾出了一句上联，要新郎对下联。这杨公子虽然有才，怎奈多饮了几杯，哪里还能对句。幸亏一位秀才挺身而出，才为杨公子解了围。

原来，此人正是商丘秀才周坚。周秀才年少英俊，才华横溢，只是家境不太宽裕，二十出头，还未娶妻。事后，杨公子向岳父引荐周秀才，有意撮合他和阿娇的亲事。员外对周秀才早有耳闻，也很中意，只是还想当面试试此人是不是名副其实。

一日，杨公子领周秀才来见员外。员外一看，来人果然一表人才，便命人摆酒招待。席间，周秀才有问必答，谈吐不俗，深得员外欢心。员外趁着酒兴出了一句上联：

席上鱼羊，鲜乎鲜矣

周秀才听这上句非同寻常，得仔细推敲。正巧，窗外传来二小姐阿娇与丫鬟的说笑声，周秀才灵机一动，下联脱口而出：

窗前女子，好者好之

员外一听，连连点头，赞不绝口，当即将二小姐许配给周秀才。

DUILIAN

蒲松龄的自勉联

星期六

相传，志怪小说大师蒲松龄降生前夕，他的父亲做了一个奇特的梦：一个生了病的瘦和尚走进屋来，他身披袈裟，袒露右臂，乳旁还贴着一张铜钱大小的膏药。可巧的是，刚刚出生的蒲松龄的胸口，正好长着一颗米粒大小的黑痣。他父亲便认定这个儿子可能是佛子投生，说不定是个有慧根的孩子，却又担心他将来为这复杂的名利场所不容。后来，蒲松龄一生坎坷，屡遭不幸。似乎也印证了他父亲当初的担忧。

蒲松龄自幼聪慧，才学过人，19岁就中了秀才。因此，他得到了学政和县令的赞赏，学政施润章评价他“观书如月，运笔如风”。然而，他之后的科举道路却满是艰辛坎坷，一直到四十岁还未能高中。

没能如愿取得功名，他心中不免抑郁不平。由此，蒲松龄发出感慨：“十年尘土梦，百事与心违。”后来的几十年里，他又屡试不中，七十一岁才成为贡生。

这个在科考场上挣扎了大半生的“老兵”，将内心的孤愤倾注在笔端，创作完成了《聊斋志异》这部不朽的小说集。

为了勉励自己，蒲松龄曾在铜镇尺上，镌刻了一副自题的对联：

有志者，事竟成，破釜沉舟，百二秦关终属楚

苦心人，天不负，卧薪尝胆，三千越甲可吞吴

蒲松龄用项羽破釜沉舟大破秦兵，越王勾践卧薪尝胆灭吴雪耻的故事来激励自己，专心于他热爱的小说创作。他的《聊斋志异》在这三百多年间散放出越来越耀眼的光芒。

DUI LIAN

妙对医心病

星期六

有一年春暖花开时节，周渔璜到十佛寺游玩，夜里就寄宿在寺里。睡下不久，他忽然听到隔壁传来微弱的说话声，仔细一听，原来是有人在反反复复诵读一句上联：

万瓦千砖百匠造成十佛寺

周渔璜来了兴趣，便起身去问寺里的僧人：“隔壁住的是什么人？”

僧人答道：“是一位姓黄的书生，前几天来本寺游览时，想出了这样一句上联，却百思不得下联，他废寝忘食，苦思冥想，如今已是生命垂危！”

周渔璜将那句上联默念了几遍，发现确实难以对上。因为这个上联中的万、千、百、十，给下联造成了很大的难度。

第二天，周渔璜怀着遗憾乘船离开十佛寺，途中经过一座桥，见桥上刻着“八仙桥”三个字，他豁然开朗，便吩咐船家掉转船头，返回十佛寺。

周渔璜站在书生房门外大声应对道：

一船二桨四人摇过八仙桥

黄书生在屋内一听，顿时眼前一亮，精神大振，惊叹道：“妙联！此下联中也有四个数字：一、二、四、八，按两倍递增，妙！真是太妙了！”

黄书生“心病”消除，身体自然也不治而愈了。

对联

对联和书法是一对好朋友

对联的朋友

对联和书法
是一对好朋友

书法是汉字的书写艺术，它不仅是中华民族的文化瑰宝，也在世界文化艺术宝库中独放异彩。

中国书法博大精深，韵味无穷，篆书沉雄劲健，楷书温婉流丽……都给人一种优雅美好的视觉体验。而对联的字句凝练而整齐，内容也涵盖丰富。因此将书法与对联融为一体，在雅逸的笔墨之中品味对联的诗情哲理，在词句之间观赏书法的风神韵致，是我国人文艺术的完美体现。古往今来，书法家们都用精心书写的对联作为礼物赠予亲人好友，文人们也喜欢用书文双美的对联装点自己的书斋。

对联为我们创作、欣赏书法作品提供了很好的载体，正因为有了这种载体，史上很多有名的文字，以书法这种有形的形式被保留了下来，成为历史文明宝库中的一分瑰宝。

春联

春联的正确贴法

对联的贴法

春联的正确贴法

接下来我们将来学习一下关于春联的正确贴法。

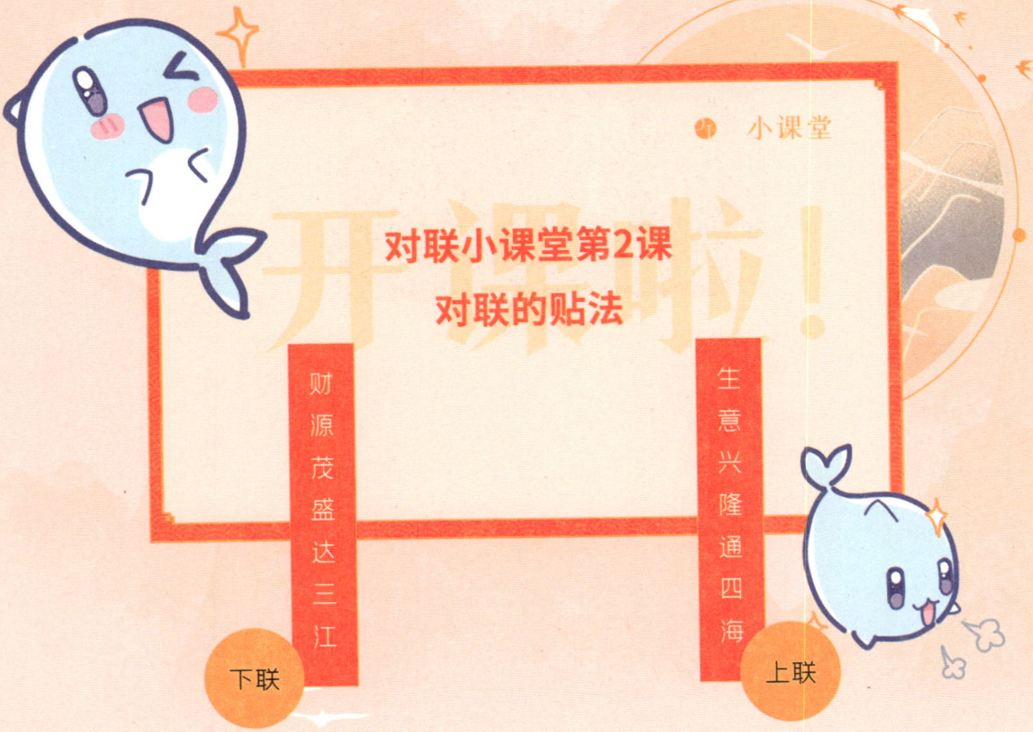

除夕当天，家家户户都贴春联，但经常会有人家贴得不对。下面来讲讲春联的正确贴法。

首先，上联下联要分清。

上联末尾的字应该是仄声。即现代汉语的“三声”或“四声”。因为仄声一般给人的感觉是话还没有说完。

下联末尾的字应该是平声。即现代汉语的“一声”或“二声”。“平”声给人的感觉是话已说完，如：

生意兴隆通四海

财源茂盛达三江

“海”是三声，本句应做上联，“江”是一声，本句做下联。

其次，春联位置要贴对。

古时候的对联，因为是从右向左书写，所以上联在门右边。现在，由于书写习惯从左向右，所以，也有把上联贴在门左边的。

那么，究竟应该贴在哪一边呢？**要看横批的书写，如果横批是从右向左书写，上联就应该贴在右边，反之上联则贴在左边。**

以后过年贴春联的时候不要再贴错了哦！

课外练习

同学们已经学习了不少关于对联的知识，现在，我们一起开动小脑筋，来看看大家的学习效果怎么样吧！

1. 一字对

例：日（月）

海（ ）明（ ）冬（ ）朝（ ）雨（ ）古（ ）浮（ ）浅（ ）

凹（ ）贬（ ）繁（ ）淡（ ）生（ ）易（ ）紧（ ）闲（ ）

清（ ）仰（ ）劳（ ）甘（ ）勤（ ）强（ ）悲（ ）离（ ）

2. 二字对

例：优点（缺点）

喜欢（ ） 坚硬（ ） 喜悦（ ） 和蔼（ ） 降落（ ） 弯曲（ ）

热情（ ） 愚蠢（ ） 幸福（ ） 笨拙（ ） 先进（ ） 潮湿（ ）

坚定（ ） 乐观（ ） 认真（ ） 永久（ ） 花好（ ） 移花（ ）

3. 三字对

例：孙行者（祖冲之）

水中鱼（ ） 蚕吐丝（ ） 辞旧岁（ ） 尽人事（ ） 求大同（ ）

钻狗洞（ ）

4. 四字对

例：雪中送炭（锦上添花）

承先启后（ ） 千山万水（ ） 望梅止渴（ ） 忠言逆耳（ ）

流芳百世（ ）

引狼入室（ ） 东南西北（ ） 笔墨纸砚（ ） 大禹治水（ ）

风和日丽（ ）

5. 根据上联和下联关键字填空

例：水戏鱼儿鱼戏水

（蝶）恋（花儿）（花）恋（蝶）

植树造林绿大地

栽花种草（　　　　）

发愤识遍天下字

立志读（　）人间（　）

风吹杨柳千门绿

（　）润（　）万树（　）

欲穷千里目

（　　　　　　）楼

明月松间照

（　　　　　　）流

先生算命，甲乙丙丁戊己庚辛

孩子数数，（　　　　　　　　　　　　　）

图书在版编目(CIP)数据

对联大语文. 入门篇 / 一颖著 ; 爱涂星际工作室绘.
—武汉 : 长江出版社, 2022.5
ISBN 978-7-5492-8334-7

Ⅰ. ①对… Ⅱ. ①一… ②爱… Ⅲ. ①对联—文化研究—
中国 Ⅳ. ①I207.6

中国版本图书馆 CIP 数据核字(2022)第 079031 号

对联大语文. 入门篇　　一颖 著 爱涂星际工作室 绘

责任编辑:向丽晖
特约编辑:张栩
美术设计:邓婕
出版发行:长江出版社
地　　址:武汉市解放大道 1863 号　　邮　　编:430010
网　　址:http://www.cjpress.com.cn
电　　话:(027)82926557(总编室)
　　　　(027)82926806(市场营销部)
经　　销:各地新华书店
印　　刷:中印南方印刷有限公司
规　　格:710mm×1000mm　1/16　18 印张　270 千字
版　　次:2022 年 5 月第 1 版　2022 年 5 月第 1 次印刷
ISBN　978-7-5492-8334-7
定　　价:128.00 元(共三册)

古人会玩

比山高图书

对联大语文

进阶篇

一颖 著
爱涂星际工作室 绘

长江出版社
CHANGJIANG PRESS

目录

对联

创作之前，先学会欣赏

XIAO DUI LIAN DA XUE WEN

创作之前，先学会欣赏

热搜榜 话题榜 同城榜 好友搜

实时热搜，每分钟更新一次

1 对联小课堂第3课 沸 120454

同城榜 好友搜

竟然！ 沸

为华安！ 热

力，历久弥新！ 荐

4 七省文状元兼参谋将军…… 热

2 如何欣赏对联 热 87852

在学习对联写作之前，我们要先学会欣赏和鉴别一副对联。对联的字数虽然不多，但是要想真正理解一副对联的含义，并不是一件容易的事。正因为对联短小精悍，所以它包含的内容较丰富。因而，一字一句都不能放过。

小课堂

开课啦！

对联小课堂第3课

如何欣赏对联

第一，反复吟咏；第二，推敲结构；

第三，探究句法和字法；第四，统观全联。

欣赏对联不外乎从以下两个方面：其一，从思想内容上；其二，从艺术手法上。下面我们来说说要怎样欣赏对联。

第一，反复吟咏。有感情地朗读对联，特别是节奏性较强的对联，要反复吟咏，声情并茂，才能品味出波澜起伏的韵律美。

第二，推敲结构。欣赏对联不能像读小说那样，一看而过；也不能只欣赏个别优美的词句，它需要仔细推敲章法。一般来说，短联是一气呵成的，长联则有较明显的起承转合。有的对联陡峭奇绝，如九天坠巨石立于面前；有的对联平淡清远，如怀珠之水、蕴玉之石；有的对联收尾有力，言已尽而意无穷。这样，就要求我们推敲结构、琢磨全篇的意境。

第三，探究句法和字法。欣赏对联只了解平仄、对仗还不够，还应看一看用了什么修辞手法，目的何在；用了哪些典故，炼字和炼句情况怎样等。关于平仄和对仗这些对联的基本格律，我们会在下面的小节中学习到。

第四，统观全联。看看对联的画面感是否强烈，是否情景交融，虚实相生。倘若对联中别有深远的意境，使读者会于意想之中，即为佳联。

了解对联的历史，掌握欣赏对联的基本方法，请大家继续学习对联的基本格律和写法，再辅以多读多练，相信大家的欣赏能力和创作能力会同步提升。

对联

认识对联的基本格律

新手第一步

认识对联的基本格律——新手第一步

在现代，中国文学的分类是：诗歌、散文、小说、戏剧四大类。但是在古代，传统的文学分类只有韵文、散文两大类。而对联和我们熟知的诗、词、曲一样，都属于韵文。换句话说，只有掌握了基本的格律，我们才能写出好的对联。

那么什么是格律呢？所谓格律，就是指韵文关于字数、句数、平仄、对仗、押韵等方面的格式和规则。

就像小说要有故事情节、人物形象，诗歌要押韵、分行一样，对联也有它的独特要求。我们不论是创作对联，还是阅读欣赏，都有必要了解对联的基本格律。

首先我们先来了解几个常用的术语：

上联：指面对对联，右边的一句。又称“上片”。

下联：指面对对联，左边的一句。又称“下片”。

言：指上联或下联的字数，如五言联、七言联等。

字：指全联的字数，如昆明大观楼长联，共一百八十字。

顾名思义，对联是要成“对”的，即由上联和下联所组成。上下联字数必须相等，内容上也要求一致，上下联要能够“联”起来，两句不相关联的句子随便组合在一起，是不能称之为对联的。下面说说对联的基本格律：

小课堂

开课啦！

对联小课堂第4课

对联的基本格律

字数相等，断句一致；

平仄相合，音调和谐；词性相对，位置相同。

1. 字数相等，断句一致

对联的基本特点是对仗。“对仗”是什么意思呢？古代帝王、官员等外出时护卫所持的旗帜、伞、扇、武器等。这些仪仗都是左右排列，两两相对的。所以称为“对仗”。后用来指诗词、文章、对联的词句相对偶。

所以，对联的基本要求就是，上下联字数相等，整齐划一，体现一种稳重和谐的对称之美，这也是我们汉民族的审美习惯。当然，在历史上也有一些非常巧妙的对联，为了达到某种效果，故意让上下联字数不等。这里有一个小故事：

民国初年，袁世凯一命呜呼之后，全国人民欢天喜地奔走相告。这时，四川有一位文人，声言要去北京给袁世凯送挽联。乡人听后，惊愕不解，打开对联一看，写着：

袁世凯千古

中国人民万岁

人们看后，不禁哑然失笑。文人故意问道：“笑什么？”一位

心直口快的小伙子说："上联的袁世凯三字，怎么能对得住下联中国人民四个字呢？"文人听了笑了起来，说："对了，袁世凯就是对不住中国人民！"

"千古"与"万岁"相对，而"袁世凯"和"中华民国"是不相匹配的，但寓意对不住，就变成了巧联妙对。这种形式，在特定情况下，可收到出奇制胜的效果。

2. 平仄相合，音调和谐

汉语是一种声调语言，现代汉语的普通话是四个声调，而南方的一些方言还保留着五六个甚至更多的声调。

辨别四声是辨别平仄的基础。“平”就是平声，其余上声、去声、入声为仄声，平仄相和的要求，包含着三层意思：

第一层，上联或下联的节奏点上的字平仄要交替出现，而节奏点以外的字可相对宽容些。而七言长对也可以用律诗的要求来对待，即“一三五不论，二四六分明”。

第二层，上下联相对应的节奏点上的字平仄要相反。比如：上联第二个字是平声，下联的第二个字就是仄声。

第三层，上联的最后一个字一般要用仄声，下联的最后一个字一般要用平声，即：仄起平落。

3. 词性相对，位置相同

词性相同，也就是上下联在字面上要相对，这是对仗最起码的要求。简而言之，“虚对虚，实对实”，即：名词对名词，动词对动词，数量词对数量词，而且相对的词必须在相同的位置上。如下面一副春联：

爆竹一声除旧
桃符万象更新

其中，“爆竹”和“桃符”同为名词，“一”与“万”同为数词，“声”与“象”同为名词，这里作量词，“除”与“更”同为动词，“旧”与“新”同为形容词作名词。

这里要注意几点，上下联的词义不能完全相同，虽然要求词性相同，但同义词过多，会显得重复。另外，也不能为了对得工整，使用除了自己之外谁也不懂的词。

汉语是非常丰富的，表达能力也格外强，要写出浑然天成，毫不牵强的对联并不是一件难事。

4. 内容相关，上下衔接

上下联的含义必须相互衔接，但又不能重复，必须是一个密切相关的有机整体。一般是从不同的侧面去表达同一个主题。上下联分工明确，又藕断丝连。例如杭州西湖三潭印月一联：

门外湖光十里碧
座中山色四围青

上联讲“湖光”，下联说“山色”，语意紧密关联，珠联璧合。

对联的格律看起来条条框框特别多，但大家要明白，语言形式的美有三种：第一是整齐的美；第二是抑扬的美；第三是回环的美。对联的格律就是为这三种美服务的。换而言之，只要严格按照格律去创作对联，不管水准高低，都能基本符合以上三种美。因为对联的格律是为了体现语言美而存在的。所以特别是初学者，一定要更加严格地遵守格律。

古人写诗做文章，讲究以意为先，而将表达手法放在次要的位置，认为好的作品，要形神合一。所以，写对联只注重对仗不讲意境也是不行的。一副对联，最重要的是意境，其次是对仗形式的美，再次是平仄和谐。所以，有时当内容与声律的矛盾实在无法统一时，也应当舍声律而顾全思想内容。

横批

点睛之笔——横批怎么写

关于横批

点睛之笔——横批怎么写

对联的横批，又称“横额”，有时也称为“匾额”“联额”或“对额”。“额”即额头，顾名思义，横额就是位于对联上方横写的文字。就常用的对联种类来说，大部分对联都需要横额，比如春联、婚联、寿联、贺联、挽联、名胜联等。不少横批是对联重要的组成部分，甚至是不可缺少的组成部分，与上下联一起构成一个有机的整体。

横批的主要作用有三个：第一个是画龙点睛，概括对联所要表达的主旨，补充、深化对联的主要内容。第二个作用是提示对联所在的处所、位置名称及其特点。三是点出该处表达的意义。四是与对联相配合，形成“门”字形的布局，以增强形式感，突显稳定和协调的美感。

撰写横批，应该避免与对联的词语、意思重复，因为它是对联的补充、概括和深化。有几个很成功的横额实例：

北京王致和铺子大门上的对联：

上联：可与松花相媲美

下联：敢同虾酱做竞争

横批：臭名远扬

开课啦!

对联小课堂第5课
常用横批

下面就是常用的横批哟!

春联横批

三春常驻 大地皆春 春风时雨 春归华夏 春光无限 春色宜人 春来福到 春满人间 春潮滚滚 新春吉祥

婚联横批

天长地久 比翼齐飞 互敬互爱 百年佳偶 花开并蒂 志同道合 良辰美景 宜其家室 珠联璧合 鸾凤和鸣

寿联横批

年丰人寿 老当益壮 老骥伏枥 寿比南山 青松不老 松鹤延年

福如东海 鹤发童颜

居室联横批

一门喜庆 万事如意 与德为邻 日升月恒 风光无限 文明处世 心地光明 本固枝荣 壮志凌云 瑞气临门

机关团体联横批

一片丹心 大公无私 大展雄才 日新月异 同心同德 坚持真理 两袖清风 奋发进取 国泰民安

工商业联横批

一日千里 一代风流 大显身手 百业兴旺 国富民强 凯歌高奏 前程万里 捷报频传 勇攀高峰 繁荣经济

励志类的横批

志存高远 一飞冲天 金榜题名 师生同心 路在脚下 唯有努力 一马当先 意气风发 激流勇进 傲视群雄

XIAO DUI LIAN DA XUE WEN

民间对联故事小剧场 1

热搜榜 话题榜 同城榜 好友搜

实时热搜，每分钟更新一次

1 古代三副无解“绝对” 沸 120454

同城榜 好友搜

竟然! 沸

为华安! 热

错大师 荐

4 惊！吵架高手居然是…… 热

2 张秀才妙联讽贪僧 热 87852

古代三副无解“绝对”

第一副：从前有位富家小姐，到了婚嫁年龄，仍未考虑终身大事，父亲非常着急。在父母的催促下，这位小姐便拟了一副上联：

寂寞寒窗空守寡

此联之妙，不但表达了自己的处境，更奇的是七个字都以“宀”为部首，要求下联也应为同一部首，这就把许多才子给难住了。据说，她一辈子也没遇到能对出下联的人，因而也终身未嫁。

第二副：从前，四川泸州有条白塔街，有个姓黄的铁匠在街上开了个打铁铺，有人以黄铁匠打铁为题，出了一上联：

白塔街，黄铁匠，生红炉，烧黑炭，冒青烟，闪蓝光，淬紫铁，坐北朝南打东西。

此上联中巧嵌了红黄黑白青蓝紫七种颜色和东南西北四个方位，要对出下联来难度很大。

第三副：明朝时，有这样一个上联：

古文故人做

它的题趣是将一个“做”字拆开来，变为一首上对。每一个部首说明一个意思，不掺虚言，拼成了一个字说明道理，所以对起来颇难。

DUI LIAN

张秀才妙联讽贪僧

星期六

清朝末年，鄂西神农架山上有座庙。庙里有个老和尚，常常对前来烧香许愿的人说，凡给庙里捐钱的人就可以“消灾免祸”，否则就会遭报应。为了骗钱，老和尚还特意在庙门口挂了一副对联：

经忏可超生，人敬神一诚有感
钱才能通冥，神应人万福无穷

老和尚整天装神弄鬼，迷惑了许多无知的人，然而有人就是不信他那一套。

有一天，一个姓张的秀才来庙里烧香，和尚要他捐香油钱，还说愿意为他念经消罪。张秀才嗤之以鼻，对老和尚说："照你这么说，如果念经超度可以使人死而复生的话，那阎王不就是怕你这和尚了吗？你这样精通佛法，难道就能长生不老吗？你说菩萨保佑捐了钱的人，那如果烧杀抢掠的强盗把钱财送给菩萨，而菩萨保护他，这菩萨岂不是成了昧良心的贪官了吗？"

张秀才一番话把老和尚说得哑口无言。张秀才冷笑一声，沉吟片刻，大笔一挥，也写了一副对联：

经忏可超生，阎王难道怕和尚

钱才能通冥，菩萨岂不是贪官

此联尖锐泼辣，又对仗工整，在当地传为佳话。

DUI LIAN

左宗棠比联招亲

星期六

晚清军政重臣左宗棠，战功赫赫，赢得“国家不可一日无湖南，湖南不可一日无左宗棠”的美誉。他一生的功业与他的妻子——清末才女周诒端的鼎力相助是分不开的。而他们的姻缘还有一段“比联招亲”的浪漫佳话。

道光十二年的春天，三湘大地万物复苏，草长莺飞。二十岁的“大龄青年”左宗棠因家境贫寒，尚未婚配。一天，一帮好友找到他，告诉他一个消息，湖南湘潭县有家周姓大户，要比联招亲，公开为大小姐招赘女婿。好友们说：“你才高八斗，若去应擂，必能高中，这也算为兄弟们长脸面。”没料到，左宗棠连连摇头，断然拒绝道：“此非君子所为。”在他看来，大丈夫应该先立业再娶妻。

好友们深知左宗棠的才学根底，个个极力相劝。左宗棠拗不过他们，只得在一帮好友的陪同下，启程前往湘潭比联招亲。

周家是湘潭名门望族，仕宦大家，是明朝“湘潭六周”之一周之命的后裔。周家在湘潭的大院子名叫桂在堂，大门口竖立一块大青石，皇帝御笔钦书碑文曰：“皇清荣禄大夫、内阁学士兼礼部侍

郎周公千岩之神道”。凡来桂在堂的文官武将，都要落轿下马，叩首而拜。

周家是书香门第，诗书之家，男女同辉，满门文采。周家大小姐诒端，知书达理，容貌姣好，求婚者络绎不绝，但她要择俊才而嫁之，已是芳龄二十，尚待字闺中，在当时算是“剩女”。她父母十分开明，便以比联为她公开挑选佳婿。

左宗棠来到了桂在堂，前来比联招亲的个个都是青年才俊，谈笑风生，甚为热闹。周家择婿标准主要考核外貌体形、处世应对、才学根底这三项。主考官是周夫人王慈云，周大小姐则躲在屏风后暗中观察，一旦相中来人，便让丫鬟添茶为号。

轮到左宗棠出场，已经是比联招亲的第三天上午了，之前尚无一人中意，周家母女已有些失望了。左宗棠本是抱着无所谓的态度而来，神态轻松，举止潇洒，应付自如。周母对左宗棠才情学识早有耳闻，见他虽不高大魁伟，但五官端正，谈吐不俗，尚未出题就已经心存好感。

周母想全面仔细考察一番，暗地里加大了出联难度：

鸿是江边鸟

左宗棠应声答道：

蚕为天下虫

周母出上联：

凤凰遍体文章

左宗棠不急不慢道：

螃蟹一身甲胄

周母出上联：

解解解元之渴

左宗棠略一思考道：

卜卜卜士之命

周母心中大喜道：

胸藏万卷圣贤书，希圣也，希贤也

左宗棠沉思片刻道：

手执两杯文武酒，饮文乎，饮武乎

此时，在屏风后周大小姐，早已芳心暗许，忙命丫鬟出来添茶。

一时间周家上下为觅得佳婿喜悦无比，张灯结彩，大宴宾朋。左宗棠也被周家小姐的才气和诚意所打动，无心插柳柳成荫，第二年便正式入赘周家。

婚后，左氏夫妇蛰居于桂在堂，吟诗唱和，谈经论史。夫妇俩还一道钻研方舆学（地理学）和农学。左宗棠在此度过了三试不第、充满坎坷的十三年，这也正是他夯实基础、蓄锐待发的十三年。

对联找先生

从前，某地有一个进士出身的太守，想聘请一位教书先生教导年幼的儿子。前来应试的好几位老秀才都没有通过太守的考查。

当地有一位才学甚高的书生，因家境贫寒，也前来应试。太守见这书生年轻，本不是太看好，但还是摆酒招待。酒酣之际，太守拿起一只螃蟹吟道：

蟹入鱼罾，恰似蜘蛛结网

书生会意，知道这是要他续下联。他想起邻院母女俩以蚕桑为业，而他见过老鼠偷食蚕茧的情形，就立马答道：

鼠偷蚕茧，浑如狮子抛球

太守听后点点头，表示赞许，心道这秀才虽然年少，倒还有些学问。又出了第二个上联：

杨柳飞花，平地滚将春去

秋风吹过，书生见桐叶片片飘落，又缓缓吟道：

梧桐落叶，半空撇下秋来

太守喜出望外，说道：“先生果然高才，小儿能得先生教导定会大有长进!”当下便留住书生做教书先生，而且待遇优厚。

书生感念太守的知遇之恩，悉心教导公子，自己也发奋图强。后来，得太守资助，书生进京赶考，不负所望中了进士。

对联

对联的修辞手法

新手进阶

对联的修辞手法——新手进阶

作为一种独立的语言艺术形式，对联是非常注重修辞手法运用的，而且，凡是汉语中有的修辞手法，在对联创作中几乎都能用到。不少优秀的对联甚至使用多种不同的修辞手法，为了使作品形象生动，妙趣横生，表现出极高的汉字运用技巧，令人叹为观止。在这里介绍一些常用的修辞手法。

小课堂

开课啦！

对联小课堂第6课

对联的修辞手法

1.比喻；2.比拟；3.借代；4.夸张；5.衬托；

6.对比；7.反语；8.设问；9.反问；10.排比；11.反复；

12.双关

1.比喻

比喻就是打比方，即根据联想，用一件事去描写或说明另一件事，以便表达更加生动、鲜明。主要有明喻、暗喻、借喻三种形式。

如贵州黄果树瀑布旁的观瀑亭有一副明喻对联：

白水如棉，不用弓弹花自散

红霞似锦，何须梭织天生成

再如开封宋代午门牌坊联：

溪水碧于南渡日
夕阳红似靖康年

“南渡日”与“靖康年”，直指北宋灭亡的事件和时间，紧紧扣住开封这座八朝古都的历史感。

与明喻相比较，暗喻不用“如”“似”“比”“皆”等比喻词，显得更加婉转，耐人寻味。如江苏扬州史可法祠有这样一联：

数点梅花亡国泪
二分明月故臣心

史可法祠坐落在扬州的梅花岭上，上联扣住了这个地点，以“梅花”比喻亡国之泪。下联的“二分明月”是一个典故，出自一句诗“天下三分明月夜，二分无赖是扬州”。“二分明月”就成了扬州的代称，联中又以“明月”比喻故臣之心。

借喻是不用比喻词，甚至连要表达的本体也不出现，而只出现喻体的一种比喻。如民国年间小凤仙写给蔡锷将军的挽联：

不幸周郎竟短命
早知李靖是英雄

据载，在蔡锷将军的追悼会上，小凤仙伏灵痛哭，并且亲手挂上这副挽联。小凤仙是北京名伎，她与蔡锷将军的关系，历来众说纷纭，但可以肯定的是，蔡锷为了麻痹袁世凯，曾在小凤仙的掩护之下逃离了北京。

周瑜是三国时东吴的都督，去世时年仅 36 岁，蔡锷将军战死时也年仅 35 岁。两人确实有许多相似之处，拿周瑜比蔡锷是极其恰当的。

李靖是唐初最著名的将领，据《虬髯客传》记载，隋炀帝大臣杨素的身边有一个手执红拂的侍女，她慧眼识英雄，星夜投奔李靖。小凤仙在这里把李靖比蔡锷，是称赞蔡锷是英雄，也将自己比作慧眼识英雄的红拂，实在是非常巧妙且高明的借喻。

除了上述几种比喻手法，还有博喻、互喻等形式。用比喻这种修辞手法创作对联时，要注意的是：**比喻应形象、具体、浅显，不可深奥、生僻、陈旧。**一般情况下，上下联都要用比喻，才会使对联对得更工整。

2.比拟

比拟是把物拟作人，或把人拟作物的一种修辞手法。即把甲事物当作乙事物来描写。一般包括拟人、拟物、拟人兼拟物三种情况。

拟人就是把事物人格化，将事物赋予人的形象和感情，从而增强表达效果。例如清代的郑板桥为扬州的常书民园题写的一副楹联：

怜莺舌嫩由他骂
爱柳腰柔任尔狂

以“莺”和“柳”拟人，巧妙地揭示了生活中常见的现象所蕴含的哲理。这是以物拟人。

拟物包括把人当物来写或把一物当另一物来写两种情况。前者是以某物最明显的特征，来表现人的活动和感情；后者常常是以有生命的物，来拟无生命的物。两种表现手法都能达到更生动更鲜明的效果。

把人当作物来写的，如周恩来总理1960年在海南写的一副对联，当时是赠给华南热带作物学院的师生们的一副短联：

儋州立业
宝岛生根

其中的“生根”就是把人当做物来写，语言简练，形象深刻地表达了国家对知识分子的厚望，希望他们扎下根来，安心工作。

把物当做物来写，如春联：

时雨点红桃万树
春风吹绿柳千枝

把“时雨”和“春风”这两种事物当作了染色的颜料，“点”

和“吹”都是染的意思，使形象更加生动。

一般情况下，上下联都用比拟的手法，才会使对联更加工整，但有时也有只在上联或下联使用比拟的，要视情况而定。

3.借代

借代，就是不直接把所要表达的事物名称说出来，而用跟它有关系的另一种事物来代替它。借代可以巧妙地表现客观事物之间的种种关系，艺术性较强，形象突出，引人联想，富于变化。一般有旁代、对代两种情况。

旁代是不出现本体，而是以其所伴随的事物出现。如清朝末年的一副嘲讽联：

头上有情飘翠羽
胸中无策退红毛

这是一副讽刺清朝官吏的对联。其中“翠羽”指当时官员帽子上的装饰，指代的是清朝官员；“红毛”则代指外国侵略者。对联讽刺了这些平时不可一世的官员，在帝国主义侵略者面前毫无退兵之策，只会割地赔款，构思新奇，对仗工巧。

对代是借用人或事物的相对面来代替本体。一般是以具体代抽象、以部分代整体、以特殊代一般，以原因代结果等形式。

以抽象代具体，有一副对联：

小孩子暗藏春色
老大人明察秋毫

传说明代大臣于谦少年时，随父亲进城赶考，在路上采了一朵小花放在袖筒里，到考场后忘了丢掉。主考官见了，出句考他，于谦马上答出对句。其中“春色”，就是以抽象来代具体的事物——花。

4.夸张

夸张，是为了启发读者的想象力和加强表达的力量，用夸大的词句来形容事物，使要表达的事物更强烈地突出其本质特征。夸张要“夸而有节，饰而不诬”，以现实生活为基础。通常所见的有扩大夸张、缩小夸张两种形式。

扩大夸张就是对事物的形象、特征、作用等方面加以扩大，尽量往上、往高处说。如峨眉山洪椿坪的对联：

一粒米中藏世界
半边锅里煮乾坤

这是将米和锅的大极尽夸张了。

缩小夸张则是对事物的形象、特征、作用等方面尽量往小处、弱处说。如北京颐和园内的一副堂联：

西岭烟霞生袖底
东洲云海落樽前

再如民国年间的一副嘲讽汪伪政权的对联：

国祚不长，八十几天袁皇帝
封疆何窄，两三条巷汪政权

5.衬托

衬托，是为了使事物的特色突出，用另一些事物放在一起来陪衬或对照的一种修辞手法。其中，要表达的事物是主体，用作陪衬的事物为衬体。因衬体与主体性质的不同，衬托可分为正衬和反衬两种形式。

正衬的衬体与主体的性质相同，是从侧面来对主体进行烘托、陪衬。如清代乾隆年间“江西才子”刘凤诺为大明湖小沧浪亭所题的一副名联：

四面荷花三面柳
一城山色半城湖

小沧浪亭是一座在大明湖北岸的亭园，此联以清丽明快的笔调，高度而逼真地刻画了站在亭中所能观看到的景色。上联写俯视所见，准确地抓住了大明湖的特点：四面都是荷花，湖岸遍植垂柳。此句着墨于荷和柳，人置身其中，似有被碧荷、翠柳团团围住的感觉。下联写远眺所见，概括地写出了济南城的特点：历山之下济南城，处处可见城外的历山山色。而大明湖湖面宽广，似乎要占全城的一半了，全城都倒映在碧波之中。

其中上联的“荷花”和“柳”，生动地衬托了下联的“山色”和“湖”。这是以景来衬托景 。

反衬是用与主体相反的事物来衬托主体。如浙江上虞的虞姬庙有一副庙联：

今尚祀虞，东汉已无高后庙
斯真霸越，西施羞上范家船

虞姬的故事由于戏曲和电影《霸王别姬》而广为人知，但关于虞姬的史料却极少。面对如此缺少素材的局面，以虞姬为题材的对联似乎很难写。但写联者却别出心裁，用两个也有很高知名度的女子——高皇后、西施，从不同侧面进行反衬，来赞颂虞姬，实在是神来之笔。

6.对比

对比，就是把两种不同的对立的人或事物做对照，互相比较。经过对比，可以表达出更鲜明、更突出的思想感情。对比一般有两种形式：一是两个人或事物之间的对比，二是一个事物中的两个方面的对比。

两个人或事物之间的对比，如清代郑板桥的一副对联：

搔痒不着赞何益
入木三分骂亦精

对联用两个成语生动地说明了他对文艺批评的看法：宁愿要入木三分的“骂”也不要搔痒不着的“赞”。对比鲜明，言简意赅。

一个事物中的两个方面的对比，鲁迅曾摘《自嘲》诗中的两句书为一联，很能说明问题：

横眉冷对千夫指
俯首甘为孺子牛

“千夫指”即千夫所指，意思是被许多人谴责，形容犯了众怒。“孺子牛”的原意是表示父母对子女的过分疼爱，后比喻甘愿为人民大众服务的人。鲁迅此联以鲜明的对比，表明了自己对敌人、对人民截然不同的两种态度。

7.反语

反语是用与本意相反的话语来表达本意，即说反话。这种修辞手法常用来嘲弄讽刺。在对联作品中，恰当地使用反语，往往会收到入木三分的效果。

如民国年间的一副对联：

许多豪杰
如此江山

上联中的“豪杰”，当然不是指救国救民的英雄，而是指当时祸国殃民的军阀；下联中的“江山”，也不是在歌颂我们雄伟壮丽的国土，而是在揭示山河破碎的惨状。

再如抗战胜利后四川成都盲聋哑学校的一副对联：

熟视无睹，诸君尽管贪污作弊
有口难言，我辈何须民主自由

针对当时的社会现实，又紧切盲人、哑人的特性，对反动政府经济上中饱私囊、政治上压制民主的腐败现象，予以辛辣地讽刺和揭露。全用反语，其力量显然要比用“正话”来说大得多。

8.设问

设问是无疑而问，或提出问题不做回答，让读者去思考；或有问有答，以示强调。对联有上下联的外在形式，很适合用设问的修辞手法。设问一般分为有问有答、有问无答两种情况。

有问有答的设问，如清代的一位才子彭元瑞写的一副自题联：

何物动人，二月杏花八月桂
有谁催我，三更灯火五更鸡

这是一副励志勤学的格言联。上联“二月杏花八月桂”，是以四季中最为动人的景色来代指美好的时光，有珍惜光阴的意思，又

暗含春秋两次科举考试的时间。下联“三更灯火五更鸡”，使用的是闻鸡起舞的典故，更为具体地写出应如何勤勉奋发，对仗工整而又催人奋进。

有问有答的设问，当以明代书法家董其昌的一副对联最为著名，这是他为灵隐寺的冷泉亭所作：

泉自几时冷起
峰从何处飞来

董其昌的联问得突兀、奇妙，令人叫绝。正因为以问句构联，据说引来不少答对，清代的左宗棠有一副答对：

在山本清，泉自源头冷起
入世皆幻，峰从天外飞来

9.反问

反问即反诘、诘问，也是无疑而问，或者叫明知故问，即用疑问的语气表达与字面相反的意思。这种形式的疑问，可使某一问题、某一思想表达得更加鲜明和强烈。

用反问的修辞手法，有的是在上联问，有的是在下联问，有的则是上下联都问。

在上联问的，如岳王庙前的一副对联：

咳！仆本丧心，有贤妻何至若是

啐！妇虽长舌，非老贼不到今朝

南宋抗金名将岳飞被秦桧所害。从明代起，秦桧夫妇便被铸成铁像，跪在杭州的岳飞庙前。这副对联正是以这夫妇俩互相埋怨、指责的口吻创作。上联用秦桧的口吻说，我虽然丧心病狂，但是你若贤，我哪里会落到这个地步？下联用王氏的口吻说，我虽然是个喜欢搬弄是非的长舌妇，若不是你这个老贼主谋，我也不会落到今天这个下场。

此联仿他俩的口吻，互相诟骂，惟妙惟肖，讽刺辛辣，

“仆”是古代男子对自己的谦称。

用词平实而对仗却十分工整，实在难得。

有一些在下联使用反问的，这里还有个小故事：

古时候，这位县令为了标榜自己的清廉，在县衙大门贴了副短联：

爱民若子

执法如山

其实这县令一贯鱼肉百姓，贪赃枉法。结果有人在夜里，为他的上下联各续了八个字：

爱民若子，金子、银子，皆吾子也
执法如山，钱山、靠山，岂为山乎

上联从正面说他以金银为子，下联用反问句无情地揭露他有“钱山”和“靠山”，不能公正执法，构思极其巧妙。

10.排比

排比是用一连串内容相关、结构类似的句子成分或句子，一层层地递进、深入、强调的修辞手法。用这种手法创作的对联，句式整齐匀称，节奏和谐铿锵有力，可增强对联的旋律美和音韵美，加强语势，提高表达效果。

有的对联全部用排比，多数仅在局部使用。全部用排比的，如民国初年宋教仁遇刺，黄兴为其写的挽联：

前年杀吴禄贞，去年杀张振武，今年杀宋教仁
你说是应桂馨，他说是洪述祖，我说是袁世凯

此联列举了三年中三位民主人士连续被杀的事实，下联则列举了三个反面人物。揭露和谴责了以袁世凯为首的反动人物的罪恶行径。

11.反复

反复是根据表达的需要，用同一语句，反复申说，用以表现强烈的情感的一种修辞手法。常见的用反复修辞手法的对联，有连续反复和隔离反复两种形式。

连续反复，是不间断地多次用同一个词语或短句。民国时期，军阀混战，民不聊生，相传四川有人撰写了这样一副对联：

年难过，年难过，年年难过年年过
事无成，事无成，事事无成事事成
横批：事待来年

其中的短句“年难过”和“事无成”，反映了当时老百姓贫苦的生活，感情充沛强烈，极具感染力。

隔离反复，就是在反复的词语或句子中间，有其他词语或句子与反复的部分间隔。如传说乾隆皇帝下江南时，路过一个叫通州的地方，他联想到北京附近也有一个通州，便随口吟道：

南通州，北通州，南北通州通南北

他身边的一个随从根据通州街上店铺的特点，答对道：

东当铺，西当铺，东西当铺当东西

下联对得工整而又巧妙。其中的“通州”和“当铺”就属于隔离反复。

12.双关

双关是利用语言文字上同音或同义的关系，使一句话关涉两件事的一种修辞手法。即表面上一个意思，暗中又隐藏着另一个意思。利用双关手法写的对联，意在言外，含蓄委婉，往往可收到一箭双雕之效。双关一般有谐音双关和借义双关两种情况。

谐音双关，即双关的词语或同义词，或近音。如明代文学家程敏政，少年时即以神童之名入翰林院。当时的宰相李贤非常喜欢他，想招他为婿。在一次家宴上，李贤指着酒席上的一盘莲藕出句：

因荷而得藕

程敏政也就地取材，指着盘中的水果答对道：

有杏不须梅

表面上是在说水果瓜菜，其实，李贤所说的“荷”谐音“何”，“藕”谐音“偶”，指配偶；程敏政所说的“杏”谐音“幸”，“梅”则谐音“媒”，指媒人。两人用一副对子互通了心意，最终成全了

这桩婚事。

借义双关，是利用汉语词语一词多义的特点，形成双关。如旧时一位塾师和学生的对子：

眼前一簇园林，谁家庄子
壁上几行文字，哪个汉书

上联的“庄子”，明着说是指庄园，暗里又指中国古代哲学家庄子；下联的“汉书”，明里是说哪个汉子所书写，暗里又指史学著作《汉书》。

对联

对联创作的基本步骤

新手进阶

对联创作的基本步骤

在我们了解了对联的基本格律、修辞手法之后，拿到一个题目，恐怕还是会理不清头绪，不知该如何下笔，那么我们来学习一下对联创作的六个基本步骤。

小课堂

开课啦！

对联小课堂第7课

对联创作的步骤

1.分清类别；2.明确目的；3.确立主旨；

4.筛选材料；5.选择技法；6.精心修改

第一步：分清类别。不同类别的对联，主旨不同，所用的材料也有区别，还涉及表达等各个方面。如要写春联，要表达的是辞旧迎新和美好的祝愿；要写赠联，则偏重写对方的优点和祝福。

第二步：明确目的。分清了类别之后，就比较容易明确目的了。如赠联是为了增进双方的了解和友谊；挽联，是为了表示对死者的凭吊和纪念；名胜联，是为了向游人介绍当地的特点或典故。如果目的不明确，就会无从下手，直接影响到对材料的选择。

第三步：确立主旨。确立这副对联所要表达的核心主旨，即对事，是赞成还是反对，是褒奖还是贬抑，是歌颂还是讽刺等。对人，是肯定还是否定，是表现友谊，还是反映某人的生平。这都和平时对人对事的观察分不开。

第四步：筛选材料。在我们分清了类别、明确了写作目的、确立了对联的主旨以后，就可以开始搜集相关的题材和语言材料。

语言是文学的主要工具，它与各种事实、生活现象结合在一起，就构成了文学的材料。对联的好坏与否，与材料的选择关系极大。可以说，创作对联的主要时间和精力往往都花费在选材上。如写春联，古往今来的春联数不胜数，而今天要写春联，时代不同了，我们身边时刻都在发生新鲜事，每天都会出现新鲜词汇，如何把这些新的东西，合理又恰当地加入到对联创作中去，是我们青少年应该去思考的事。这和我们平时的观察与积累也是分不开的。

第五步：选择技法。做好了前面四步，针对不同的类别、主旨、材料，我们就可以选择恰当的艺术创作手法了。比如：虚构、夸张、讽刺、渲染、象征、描写……这些手法，创作对联的时候都可以用。此外，更要考虑对联常用的对仗形式、修辞手法、用字技巧等。

第六步：精心修改。对联创作完成后，修改可从主旨、材料、表达三个主要方面着手：主旨是否鲜明突出，材料是否确切充分，表达是否顺畅。因为我们创作的是对联，所以重点要看是否符合对联的基本格律。

如果有词语在对联中平仄不谐、对仗不工整，可以考虑换一个同义词或近义词来代替。修改时，建议读出声来，有些词语看上去没问题，但读起来不一定顺畅。

综上所述，要完成一副对联，要经过以上六个步骤，而要写好一副对联，则必须步步精心。冰冻三尺，非一日之寒，对于初学者来说，不可操之过急，而且大量的工夫是在对联以外的观察生活、生活积累、多写多练。

XIAO DUI LIAN DA XUE WEN

民间对联故事小剧场 2

热搜榜 话题榜 同城榜 好友搜

实时热搜，每分钟更新一次

1 老地主袭改旧楹联 沸 120454

同城榜 好友搜

竟然！ 沸

为华安！ 热

错大师 荐

4 惊！吵架高手居然是······ 热

2 “绝对”逢生 热 87852

老地主袭改旧楹联

从前，有一位老地主，他粗通文墨，平时极喜欢附庸风雅。一天，他准备为老母亲办寿宴，于是在家里张灯结彩，又命家里的账房先生写一副寿联：

天增日月人增寿
春满乾坤福满门

账房先生正写时，老地主忽然想起，这是为老母祝寿，应该改得切题才好。于是，让账房先生把上联改成：

天增日月妈增寿

老地主看了很得意，想了想，又叫把下联改为：

春满乾坤爹满门。

账房先生听了，哭笑不得地说：“东家，这么改可不行呀！”

老地主一本正经地说：“你懂个屁！‘爹’对‘妈’不是十分工整吗？”

DUI LIAN

“绝对”逢生

星期六

过去有人将诸葛亮一生的作为，写了一副上联：

收二川，排八阵，六出七擒，五丈原前，点四十九盏明灯，一心只为酬三顾

这上联写得工整精巧。收取荆州和益州，八阵图困住陆逊大军，六出祁山、七擒孟获，将死之前点四十九天长明灯延寿，一生呕心沥血只为报答当初刘备的“三顾茅庐”，对诸葛亮的一生作了很好的总结，很久无人能对出下联，成为有名的“绝对”。一直到了清代，才有一位姓伍的秀才，仍以诸葛亮一生的功业，用五方五行对出了下联：

取西蜀，定南蛮，东和北拒，中军帐里，变金木土爻神卦，水面偏能用火攻

辅佐刘备占领西川成就蜀汉霸业，平定南蛮，东和孙权，北抗曹操，坐镇中军帐，与天借东风，火烧赤壁连环船，诸葛亮智计无双创下的累累军功跃然于眼前，“绝对”逢生，一时传为佳话。

杨贵妃妙对唐明皇

传说，有一天晚上，唐明皇和杨贵妃一同在楼台上赏月，唐明皇即景吟出一联：

二人土上坐

杨贵妃极机敏，应声对道：

一月日边明

唐明皇所吟上联，无甚出奇，不过将“坐”拆成两个“人”

字和一个“土”字而已；杨贵妃所对下句，则不一般：既将“日”和“月”合成“明”字，符合出联要求，又采用比喻手法，将唐明皇比做日，把自己比成月，月亮只有依靠太阳之光才放光明，借景抒情。唐明皇听完，大赞她聪慧机敏之才。

DUILIAN

防“贼”妙法

星期六

东晋大书法家王羲之平时喜欢书写门联，但每次贴在门口，没多久就会被人偷偷撕走。某年除夕，他想出了一个防贼的妙法：在门楹上贴出这样一副对联：

福无双至
祸不单行

偷联贼夜里来了一看，都摇头而去。初一清晨，王羲之又在上下联尾各续了三个字，遂成意义全新的一副佳作：

福无双至今朝至
祸不单行昨夜行

这则传说显然是不可信的——因为到五代时才出现第一副春联。但故事很有趣，对联也有艺术性，值得一赏。

偶得的千古名句

据说宋代词人晏殊路过扬州时，在大明寺里小憩，无意间看见壁上写着一首诗，写得很不错。一打听，原来是当地一位叫王琪的文人所作，便请他来一起用饭。饭后二人在池边散步，其时正值初秋，晏殊说：“有时想起一个佳句，比如我曾做出过这么一句，‘无可奈何花落去’，至今也没有想出下联。”王琪应声说：“似曾相识燕归来。”不久，这一联句被晏殊写入他的词《浣溪沙·一曲新词酒一杯》中，遂成千古名句。

DUILIAN

杨继盛巧对第一人

星期六

杨继盛出生于河北容城，是嘉靖年间的进士。据说他“每作对，人辄称善”，民间流传着很多他的巧对佳话。

相传，杨继盛刚读私塾的时候，有一天，来了一个年纪较大的新学生，私塾先生见了就出对相嘲：

老学生

谁知话音未落，坐在一旁的杨继盛不假思索地接过来：

小进士

私塾先生听后，大吃一惊，说：“此儿小小年纪，竟聪颖如此，将来必有出息！”

有一次，私塾先生外出有事，学生们就偷懒在课堂里玩耍打闹起来。正玩在兴头上，不料先生突然回来，大家慌忙四处藏匿。先生大怒，让大家挨个罚跪，并出了一个对子：

藏形匿影

先对出者免罚，对不出的继续罚跪。只见杨继盛微微一笑，答道：

显姓扬名

先生脸上的怒气，顿时一扫而光，惊呼：“此乃绝对也！”伸手将杨继盛拉起来。从此，杨继盛擅对出了名。

在私塾从师十年间，杨继盛还作了不少脍炙人口的对联。如有一次，他的表叔来做客。刚好家里没有酒，表叔到酒家去买酒，凑巧酒也卖完了，表叔便出了上联戏道：

无酒是穷主

只听见一个略带稚气的声音回答：

有儿为名臣

表叔眼光一扫，见应对的竟是杨继盛，不禁啧啧称赞。杨继盛长大后，果然成为一代名臣，官至兵部员外郎。当时奸相严嵩专政，杨继盛因为忠直敢言，一年之内四次被贬。最后一次，被贬途中，他草疏“十罪五奸”弹劾严嵩，结果被陷害入狱，受尽酷刑后，惨遭杀害。

铁肩担道义
妙手著文章

这副传颂千古的名联，就是杨继盛在狱中写下的。对联铿锵有力，表现出他那铮铮铁骨，坦荡襟怀。

四大名著名联欣赏

《西游记》

第二十四回 五庄观二门联

长生不老神仙府

与天同寿道人家

第五十六回 庄舍

青松间柏争翠碧

红蓬映蓼斗芳菲

第八十五回 悟空答国王

海晏河清千代胜

风调雨顺万方安

《红楼梦》

第一回 甄士隐梦幻识通灵，贾雨村风尘怀秀

假作真时真亦假

无为有处有还无

第二回 贾夫人仙逝扬州城，冷子兴演说荣国府

身后有余忘缩手

眼前无路想回头

✦ ✦ ✦ ✦ ✦ ✦ 《三国演义》 ✦ ✦ ✦ ✦ ✦ ✦

第一回 桃园结义

同心协力，救国扶危

上报国家，下安黎庶

第三十七回 三顾草庐

淡泊以明志

宁静以致远

第三十九回 博望坡用兵

经天纬地之才

出鬼入神之计

《水浒传》

第一回：龙虎山三清宫伏魔殿描述联

不分南北

怎辨东西

第一百一十三回：太湖描述联

上下天光一色

高低水影无尘

林冲

一生风雪落荒草

半壁忠心飨天朝

图书在版编目(CIP)数据

对联大语文. 进阶篇 / 一颖著 ; 爱涂星际工作室绘.
—武汉 : 长江出版社, 2022.5
ISBN 978-7-5492-8334-7

Ⅰ. ①对… Ⅱ. ①一… ②爱… Ⅲ. ①对联—文化研究—
中国 Ⅳ. ①I207.6

中国版本图书馆 CIP 数据核字(2022)第 079319 号

对联大语文. 进阶篇　　一颖 著 爱涂星际工作室 绘

责任编辑:梁琰
特约编辑:张栩
美术设计:邓婕
出版发行:长江出版社
地　　址:武汉市解放大道 1863 号　　邮　　编:430010
网　　址:http://www.cjpress.com.cn
电　　话:(027)82926557(总编室)
　　　　　(027)82926806(市场营销部)
经　　销:各地新华书店
印　　刷:中印南方印刷有限公司
规　　格:710mm×1000mm　1/16　18 印张　270 千字
版　　次:2022 年 5 月第 1 版　2022 年 5 月第 1 次印刷
ISBN　978-7-5492-8334-7
定　　价:128.00 元(共三册)

古人会玩

比山高图书

对联大语文

实战篇

一颖 著
爱涂星际工作室 绘

长江出版社
CHANGJIANG PRESS

目录

春联

关于春联的名作赏析

春联名作赏析

春联是人们最熟悉的联种类，我们先来欣赏几副古今著名的春联——

门心皆水
物我同春

这是清代大臣彭元瑞题写的一副春联，是他在京供职时创作的。上联表达的是为官要修身养性、淡泊为念、清廉如水。下联由物及人，“物我”共沐春风，尤其切合迎春接福之意。寥寥八个字，简练凝重，含义深刻，是不可多得的春联佳作。

十年宦比梅花冷
一夜春随爆竹来

这副春联来自一位不知名的作者，据说他是一个多年官场不得意的知县。上联他大吐苦水，说自己十年来一直候补，得不到实缺，这宦海的冷板凳真是比雪中的梅花还冷。下联则表达了他对来年的希望，随着辞旧迎新的爆竹声，春天来了，希望自己的好运气也到来。本来上联意境凄凉，但下联使春联贴合春天应有的气象，使上下联形成强烈对比，达到了更好的效果。

马放牛归，是为乐国
莺啼燕语，如在故乡

这副春联作于清光绪初年，清军击败入侵新疆的阿古伯武装之后，作者是一位随军入疆的幕僚。上联说入侵者已经被消灭，现在新疆成了幸福安乐的地方，非常切合当时的形势。“马放牛归”表示战争结束，天下太平。“乐国”指安乐的地方。下联说虽然远在异乡过新年，但是眼前一片莺啼燕语的新春气象，作者感到如在故乡一般。此联用词用典精当，几个动物名的对仗十分工巧，实在是难得的好作品。

春联的创作技巧大概有以下几个。

第一，春节是喜庆的节日，因此，在内容上要表现出人们辞旧迎新的喜悦心情，以及继往开来的进取精神，反映出人们追求幸福生活的美好心愿。所以要选择意思吉利、喜庆、向上的词句；风格也应该喜气洋溢，春意盎然。

第二，因为时代在不断地发展，社会生活不断地在发生变化，所以春联的内容要力求新鲜，体现出鲜明的时代精神，而摒弃陈词滥调。

第三，要和环境相协调，即要有针对性。也就是说考虑地域差异、户主职业、房屋用途等因素。

第四，应有个性，即不同于其他人的独特之处，可以表现户主的生活经历、思想感情、精神面貌等。

第五，春联的实用性很强，对其字数也有一定的要求，一般以五到十二字为宜。

赠联

关于赠联如何创作

实战篇

赠联创作

中华民族是非常重感情、重礼仪的民族。自古至今，夫妻之间、亲友之间、师生之间、同事之间都常常有题联相赠的雅趣，流传下来不少佳话。

据记载，清代嘉庆年间，书法家伊秉绶在任惠州知府时，有一位来自粤东的才子宋湘来拜见他，想找他借三百两银子做路费进京应试。伊秉绶对宋的才华早有耳闻，便在惠州西湖湖心亭设宴为宋饯行，并向他索要一副七言联，要求嵌入“东南西北”四个字。宋湘当场挥毫，写下了这么一副对联：

南海有人瞻北斗
东坡此地即西湖

此联好在以“南海”“西湖”切合地域，又以“北斗”“东坡”抬高对方的身份。看到对联，伊知府大为称赏，当场赠予宋湘一笔不菲的路费。

著名画家、美术教育家徐悲鸿，少年时刻苦学画，后留学法国。抗日战争时期，他多次带着自己的作品到国外展售，用画款救济祖国的难民，并积极参加民主运动，新中国成立后，任中央美术学院院长。著名的民主人士、学者章士钊曾赠予徐悲鸿一联：

海内共知徐孺子
前身应是九方皋

九方皋是春秋时期的人，非常擅长相马，有识别千里马的眼力。徐悲鸿曾以此典创作了具有进步思想的历史巨画《九方皋》，成为其轰动画坛的代表作之一。这里的意思是，徐悲鸿具备九方皋那样的慧眼，培养了大批成就卓著的画家。

这副联既赞扬其盛名，又称颂其功绩，用词得体，用典自如，当是赠联佳作。

欣赏了两则赠联佳话，那么到底应该怎样撰写赠联呢？一般可以从以下两个方面着手：

一是写对方。包括其职业、经历、志趣、成就以及他的籍贯、姓氏、家庭等方面，但是对联篇幅是有限的，所以应该抓住对方最突出的地方去写。

清代有个姓曹的人，他在江西彭泽任县令，其友人赠他一副对联：

二分山色三分水
五斗功名八斗才

古代的彭泽县包括了现在的湖口、彭泽两个县的区域，长江、鄱阳湖、庐山都在这一带。上联用“二分山色三分水”写彭泽的山水风光，并不算十分出彩。下联的“五斗功名八斗才”就充分显示出了作者的才华。

“五斗功名”是东晋陶潜的典故，切合受赠人县令的身份；“八斗才”是三国曹植的典故，切合受赠人的曹姓。作者把这两个典故合起来，就是说受赠者有很高的才能，却只做了一个小小的县令，表达了作者代为不平的情感 。寥寥七言联，在切地、切姓、切官的同时，还准确地表达情感，实在是非常难得。

二是写双方的交往、关系。表达出或尊重、或友爱、或亲密、或感激的情感。这样，会使对方感到亲切和珍贵。

清末词家薛时雨晚年的时候，有一副赠同乡江小松的对联：

少角艺，老论文，客里追随，把盏各惊双鬓雪

我拥毡，君听鼓，闲中慰藉，扶筇同看六朝山

上联描述二人多年来的关系，小时候一起读书，较量谁的文章写得好，到老来还一起谈诗论文 。当在一起把盏饮酒的时候，忽然发现大家的头发都白了，于是惊叹时间过得真快，真是岁月不饶人。

下联说两人的近况，我已经退下来了，可以拥毡而卧，而你却还在做候补官，天天都要到上司衙门（上级官府）去“听鼓”，即听候上级分配、安排工作。只有当我们空闲时，才能拄着拐杖去观赏湖光山色。人生到此，应心满意足了。

此联叙述友情，娓娓道来，情真意切，不用典，也没有华丽的辞藻，潇洒清新的气息溢于言表。

XIAO DUI LIAN DA XUE WEN

民间对联故事小剧场 1

热搜榜　话题榜　同城榜　好友搜

实时热搜，每分钟更新一次

1　苏东坡发愤读书遍天下　沸　120454

同城榜　好友搜

竟然！　沸

为华安！　热

错大师　荐

4　惊！吵架高手居然是……　热

2　施耐庵以对联治心病　热　87852

苏东坡发愤读遍天下书

苏东坡从小喜欢读书。他天资聪明，过目不忘，读过的书都能一字不漏地背出来。几年苦读，年轻的苏东坡已是饱学之士。一天，他乘着酒兴，挥笔写了一副对联，命家人贴在大门口：

读遍天下书

识尽人间字

这天，苏东坡正在家里看书，忽听仆人通报门外有人求见。他出来一看，是一位白发苍苍的老太婆，便问道：“老人家有什么事？”老婆婆指指门上的对联，问：“先生真的已读遍天下书，识尽人间字了？”

苏东坡一听，骄傲地说：“难道我能骗人？”

老婆婆从口袋里摸出一本书，递上前说：“我这里有一本书，请先生帮我认认看，那上面写的是什么？”

苏东坡心想：“这有何难！”他接过书，看也不看就说：“你听着，我念给你听！”可他仔细一看，那书上的字竟一个也不认得。苏东坡急得满头大汗，只得问：“你这书是从哪里来的？”

老婆婆笑笑说：“先生，别问是哪里来的啦！天下的书你不是都已读完了吗？”

苏东坡满脸通红，只好回答说：“我没有读过这本书。”

“既然有书没读过，那为什么要贴这副对联呢？”老婆婆问道。

苏东坡听了，羞愧万分，伸手想把门上的对联撕掉。老婆婆忙上前阻止道：“慢！我给你改一下吧。”边说边把对联改成：

发愤读遍天下书
立志识尽人间字

并谆谆告诫说：“年轻人，学无止境啊！”

苏东坡回到书房，立刻找出启蒙老师赠给自己的“学无止境”的条幅，张贴在了墙上。从此，他谦恭苦读，终于成为大学问家。

DUI LIAN

一船黑炭

星期六

清朝时，有一群学生从鹞子湖乘船，到黄州去赶考。只见这鹞子湖，一江绿水，两岸青山，令人心情格外舒畅。带队的私塾老师想考考学生们，出了个上联：

两岸青山夹绿水

按说这对子并不难，可学生们一时不知怎么对，好半天也没人吭声。摇橹的船夫看他们一个个灰心丧气的样子，觉得十分好笑，脱口而出：

学生们一听，把他们比作烧焦了的木头疙瘩，心里生气，可又没法发作，谁让自己对不上来呢。

DUI LIAN

成麻面巧对徐偏头

星期六

从前有两个秀才，二人是莫逆之交。成秀才的脸上有麻子，徐秀才患有偏头风。一日，两人拿着钓竿、背着鱼篓，相约到莫愁湖钓鱼。只见那湖中，荷叶铺成绿海，莲花染就红霞，和风吹来，阵阵幽香沁人心脾。二人正欲垂钓，霎时间乌云密布，闷雷阵阵，大颗的雨点撒落在湖边的沙滩上。徐秀才一看，心中有了主意，借景发挥吟出一上联：

雨打沙滩成麻面

成秀才一听，立刻明白他是在揭自己的短，来而不往非礼也。此刻，雨已停，阵风掠过湖面，朵朵荷花，微微弯腰点头。成秀才放眼望去，心中有了下联：

风吹荷花徐偏头

徐秀才一听，两人对视一眼，爽朗大笑起来。

施耐庵以对联治心病

《水浒传》的作者施耐庵能文善诗，而且还精通医理。相传，他曾经以写对子的方式，帮人治愈了顽疾。

有一天，施耐庵的邻居顾员外来到他家，说儿子顾斐这些天卧床不起，想请他前往诊视。施耐庵慨然应允，来到顾家后，只见顾公子年约二十，可是却面色萎黄，精神恍惚，脉象细涩而无力，看样子病得不轻。

施耐庵耐心地询问病情，而病者却置若罔闻，口中只喃喃地念道："此木为柴山山出。"施耐庵听后，心中颇觉奇怪，这分明是个上联嘛，难道公子只是苦于无对？于是，他想了想，对顾公子说道："有对了！"顾公子悠然睁开双眼，只听施耐庵对道：“因火成烟夕夕多。”这分明是副绝对，顾公子一下子精神大振，竟坐起来喜道：“请问先生，‘山石岩前古木枯’，可有下对？”施耐庵略加思索，然后答道：“白水泉中日月明。”

顾公子听罢，竟忘了自己还在病中，他一边下床，一边吩咐小童招待施耐庵。此时施耐庵心中已是明了，他悄悄问顾斐：“敢问公子，是否有意中人出联相难？”顾公子两颊一红，不好意思地点点头，原来顾斐正是因为思虑过度而引发心病，此时心中块垒已解，“病”自然也就好了大半了。

DUI LIAN

卖柴童妙对进家塾

星期六

明朝时，江苏省吴县出了一位神童，姓施名盘。施盘家里很穷，上不起学，他五岁就上山砍柴、割草卖钱。但这孩子勤奋好学，经常向村里的一位老秀才学读书认字。

施盘九岁那年进城卖柴，路过一家私塾，听见里面传来琅琅的读书声，他心生羡慕，在窗下听了好久。恰好此时，私塾的主人张都宪坐轿回家，见施盘站在门口发呆，就上前盘问。施盘小声说：“想来这里读书，但我没有钱。”

张都宪听了很是不屑，就有心为难他：“这样吧，我出一上联，只要你能对上，我可以破例让私塾先生收你。”就出了一个上联：

新月如弓，残月如弓，上弦弓，下弦弓

这上联连用四个“弓”字，两个“月”和“弦”字。别说孩子，就是一般的秀才举人也是很难对得工整，没想到，小施盘听了笑嘻嘻地说：“学费我出不起，对对子可难不倒我。”他略加思索，便对出下联：

朝霞似锦，暮霞似锦，东川锦，西川锦

这下联连用四个“锦”字，两个“霞”和“川”字，与上联对得工工整整，张都宪惊得哑口无言，只好让施盘进私塾念书了。

纪晓岚讽对石先生

清代名臣纪晓岚小时候的私塾老师姓石，是个非常古板的老学究，纪晓岚对他很反感。

纪晓岚收养了一只家雀，一时没找到笼子，他就在砖墙上挖了一个洞，喂饱家雀后，他便将它放入洞内，堵上砖头，以防家雀飞走。后来这事被石先生发现了，他不由分说，便把家雀掏出来摔死了，而且他还把家雀送回洞内堵好，并在墙上戏书一联：

细羽家禽砖后死

纪晓岚发现之后，一眼便看出这是石先生所为，愤怒地续写了下联：

粗毛野兽石先生

石先生见自己被骂了，大为恼火，但细看这下联又对得极其工整，他捻着胡子想了半天，竟对不出比这更工整的下联，便无可奈何地叹了口气，扔下教鞭，拂袖而去。

DUILIAN

妙对里的大白话

星期六

有一天，纪晓岚在书房里读书。有下人递上一张名片，说：“门外有衡阳知府刘朝玉拜见大人。”纪晓岚把客人请进，问：“你的公务都办完了吗？”刘朝玉欠身回答：“公务已办完了，明日便启程返回湖南。今日求见，一是辞行，二是请大人赐以墨宝。”原来南岳衡山上有座南岳庙，当家和尚新近坐化归天了。此处为衡阳府所管辖，刘朝玉这次回去要参加祭奠仪式，请纪晓岚作一副对子。纪晓岚立时就答应了，铺开纸，写下七个大字：

南岳庙死个和尚

刘朝玉心里一哆嗦：“纪大人不是出口成章吗，怎么大白话都上来了？这要带回去悬挂起来，岂不让人笑话？”可嘴上又不好说。偏偏纪晓岚又问了一句：“你看如何？”“这个……”刘朝玉实在不好回答。纪晓岚微微一笑，接着，又写了七个大字：

西竺国添位如来

刘朝玉一听大喜，连连拍手称绝。

DUILIAN

也让你为难

星期六

传说，乾隆皇帝喜欢游山玩水，又很喜欢写诗文，走到哪儿都撰联题词。有一次下江南时，乾隆来到一个地方，见一户农家正在办喜事，他想看看乡俗，便叫侍从拿出三个铜钱，又写了一个单联作为贺礼一起送去。联句是：

三个铜钱贺礼，嫌少勿收，收则爱财

农家主人一看，这下可为难了，收也不是，不收也不是，心里直埋怨这个不速之客太为难人了。可巧，农家主人的小儿子在旁边看见了，他就对父亲说，要写联应对。父亲心想，十岁的孩子懂个什么，还要对对子。正在犹豫时，儿子已挥笔写出了下联：

两间茅屋待客，怕穷莫来，来者好吃

回句很有分寸，落落大方，又把农家人的热情好客表现得淋漓尽致。乾隆看了下联，甚是欢喜，便带着随从进去做客了。

缺啥给啥

一年春节，郑板桥陪一位州官外出巡视民情。一行人走到南门街，看一户人家贴着这样的春联：

二三四五
六七八九
横批：南北

郑板桥看后，皱了皱眉，扭头便走。过了一会儿，他拿着几件衣服，提着一块肉，肩上还扛着一口袋粮食，敲开了那家的大门——只见一家老小缩在一张床上，衣单灶冷。郑板桥说：“过年了，这点东西给你们留下用吧！”那家人认出郑板桥来，千恩万谢地给他磕了几个头。出了门，州官一脸疑惑地问他：“你又不是神仙，怎么知道他家的情况呢？”

郑板桥指着春联说：“这里都写着呢，‘二三四五，六七八九’是缺一（衣）少十（食），横批‘南北’，不就是‘没有东西’吗？”

对联

名胜联名作赏析

实战篇

名胜联名作赏析

在各种对联分类中，名胜联是表现手法最丰富的。它能对名胜景点起到装饰、点缀的作用，而且是独具中国特色的装饰。它可以写人，可以叙事，可以发表议论，可以抒发感慨；能够提供知识，也能给人以艺术享受。好的名胜联可以久诵不衰，为名胜景点锦上添花。

正如四川楹联家景常春先生所说：我国山川秀丽，名胜古迹灿烂辉煌，历代文人题联吟咏极多，使名胜古迹保存了许多历史资料和书法文物，有较高的史学和文字价值。同时，名胜古迹联的风格手法在对联领域尤为丰富，有的描绘景色，诗情画意，生动隽永，与胜景相得益彰；有的借景抒情，画龙点睛，寓哲理于风物，使意境陡然升华；有的寄情风物，忧国忧民，暗藏针砭。

以描写的手法写地写景的经典名胜联，我们看过很多，但也有很多就人事而发表议论的名胜联，如郭沫若为福建厦门的郑成功纪念馆题过这样一副联：

开辟荆榛，千秋功业
驱除荷虏，一代英雄

上联“开辟荆榛”，出自郑成功《复台》诗里的一句：“开辟荆榛逐荷夷，十年始克复先基”。是指他在率军恢复台湾的过程中克服了重重困难。

下联“驱除荷虏”，意为驱除荷兰殖民者，使台湾回归中国版图。

此联言简意赅，给予郑成功及其功业以崇高的评价，表达了对这位伟大的民族英雄的崇敬之情。

名胜联的写作，要考虑以下几个方面的问题。

小课堂

开课啦！

对联小课堂第8课
名胜联的创作

弄清名胜的来历；考虑地域特点；

主题咏古、怀古；运用典故。

第一，弄清楚此地名胜的来历。

大凡名胜之地，都会有一些流传广泛的历史故事和传说。或者此地在历史上曾经是重要的政治、军事要地，或者此地和某位历史名人有深远的关系。所以，当我们要创作时，要对这个地方的各种掌故，做一个比较全面的了解。

如扬州二十四桥有一副联：

胜地据淮南、看云影当空，与水平分秋一色
扁舟过桥下，闻箫声何处，有人吹到月三更

这副联作于清朝末年，是一位官员的作品。此联起句就点明：

曾经有许多名人名句赞美过扬州，言其“胜地”是恰当的，也可以想见旧日扬州的繁华；然后作者将眼前的美景铺开来描述，如水墨白描，用字平实其味隽永。

下联化诗而出。“闻箫声何处”化自杜牧“二十四桥明月夜，玉人何处教吹箫”。二十四桥在唐代是文人聚会、歌伎吟唱之地。乘小舟经过桥下，听见箫声，自然联想到杜牧的诗句，这样的化用可以说是浑然天成。扬州的月夜是怎样的美呢？徐凝在《忆扬州》里这样赞美道：“天下三分明月夜，二分无赖是扬州”。

当作者沉醉在扬州的白日之景时，又听见不知何处传来的箫声，便自然联想到“有人吹到月三更”。明月夜、二十四桥、箫声，作者用有声的水墨白描，给读者以唯美而空灵的精神享受。

第二，考虑地域特点。

任何历史事件的发生，任何重要人物的活动，都离不开一定的条件。就名胜联来说，首要的应该是时间和地点。即要考虑在何时、何地发生了什么事，这些事或人对后世的影响。因为名胜联的写作，格外要求贴切，不可能写出一副可以用在任何地方的名胜联。

关帝庙可以说遍布全国各地，甚至远至海外。但每个地方的关帝庙对联各有不同，都带有非常强的地域特色。

乾隆题洛阳关帝庙楹联：

翊汉表神功，龙门并峻
扶纲伸浩气，伊水同流

极力称颂关羽的“神功”和“浩气”，联中有“龙门”和“伊水”两个地名，又带有明显的河南洛阳的地域特色。

又如新疆天山关帝庙联：

赫濯震天山，通万里车书，何处是张营岳垒
险灵森秘殿，饱千秋冰雪，此中有汉石唐碑

此联则只能用于白雪皑皑的天山。

第三，咏古、怀古是名胜联比较常见的主题，但能在怀古的同时做到联系当下；既有所寄寓，又能考虑到时代特色，就是技高一筹了。如成都武侯祠的对联：

能攻心则反侧自消，从古知兵非好战
不审势即宽严皆误，后来治蜀要深思

对联的作者是中国近代历史上著名的政治家、学者——赵藩。联中的“后来治蜀”，是有所指的。当时赵藩在四川任盐茶使，不满当地的总督大行苛政，就用此联来表达自己的谏议。据说赵藩当时也因此被贬为道员。

第四，恰当地运用典故，用精炼的文字表达出尽可能多的内容。如江西南昌滕王阁一联：

滕王何在，剩高阁千秋，剧怜画栋竹帘，都化作空潭云影
阎公能传，仗书生一序，寄语东南宾主，莫轻觑过路才人

滕王阁是南昌名胜，因为王勃的一首《滕王阁序》，滕王阁从此声名远播。所以上联怀古，很多文字都化自这首诗。感叹时移世

易，虽然滕王阁风景依旧，但千年前的滕王早已经不知何处去了。下联虽然仍以《滕王阁序》为切入点，但借题发挥，写出了新意。此联大量化用诗句，但立论新颖，文采斐然，确属佳作。

选取独特的角度，从侧面写人、写事也是比较好的方法。可以使读者感到新颖别致。如陕西韩城司马迁祠一副联：

吾乡司马相如，一样文心，落落宏才同汉廷
此地登龙有幸，独开尘眼，茫茫巨浸看河流

上联是说，作者家乡的司马相如和司马迁有着一样的文思，同样是汉代的宏才。下联是说，我有幸来到这里登龙门，大开世俗的眼界，就像是看到了茫茫大河。登龙门，比喻得到有名望者的接待

和援引而提高身价。

不是从正面赞其人、颂其事，而是从侧面将司马迁与司马相如相比，又把自己置于联中，紧紧地与地域切合。

如果缺乏充分的材料，文化积累也不太够，最好先不要写长联。此外，建议在为名胜写对联时，对此地已有的对联做一番研究，以便找出新的角度，避免人云亦云。

XIAO DIU LIAN DA XUE WEN

民间对联故事小剧场 2

热搜榜 话题榜 同城榜 好友搜

实时热搜，每分钟更新一次

1 傲秀才气煞县令 沸 120454

同城榜 好友搜

……竟然！ 沸

……为华安！ 热

……错大师 荐

4 惊！吵架高手居然是…… 热

2 袁世凯品联识杀机 热 87852

傲秀才气煞县令

有个秀才善知诗文，出口成章，为人极其刚正，喜欢与平民结交。一般百姓请他写文办事，从来都是有求必应，对达官贵人则拒之千里，很有几分傲骨，人称傲秀才。

这一年，县城里新到一个县令，听说傲秀才看不起富户豪门，便骂道："一个穷酸秀才竟敢放肆，待本官羞辱他一番。"

新县令遍请城中乡绅文士，并请傲秀才一起叫来赴宴。酒过三巡，菜上五味，县令开言道："本官虽初来乍到，却听闻傲秀才才思敏捷，深为佩服。现试拟几句，向傲秀才请教下联。”

有几个知底细的客人，便悄悄劝傲秀才赶紧谢罪，免遭不测。谁知傲秀才竟毫无惧色，起身道：“愿闻上联。”县令拿着筷子比画了两下，阴阳怪气地说：

北燕南飞，东西比翼有上下

众人听罢，尽皆哗然。这上联不仅道出了“东、南、西、北、上、下”六个方位，而且暗示了他跟傲秀才的身份、文才有上下之分，何以对答。不料傲秀才略一沉吟，便响亮地吟出下联：

前车后辙，左右对轮无高低

联语一出，大家齐声叫绝。这下联不仅同样对出了“前、后、左、右、高、低”六个方位，而且把傲秀才不甘示弱的倔劲表现得淋漓尽致。

县令碰了钉子，又咄咄逼人地说出第二联：

空竹着刀，外生枝节削皆短

其间暗含杀机，席上鸦雀无声，傲秀才仍镇定自若，从容答道：

窍藕遭锄，内牵毫丝抽还长

恼羞成怒的县官，挥手点指窗外，咬牙吟出第三联：

云镇高山，哪个尖峰敢出头

傲秀才扫了一眼室内，见壁洞透进一缕阳光，便胸有成竹地答道：

日穿漏壁，这条光棍却难拿

这一番你来我往，傲秀才见招拆招从容应战，生生把个县令对得哑口无言。

DUI LIAN

“面前人”妙对寇宰相

星期六

寇准是北宋有名的宰相。一天，他跟几个同僚聊天，给他们出了一个上联：

水底日为天上日

是说水里的太阳，不过是天上的太阳照出来的影子。这几个人听了，谁也对不上来。

赶巧，一个叫杨大年的门生走进来，跟寇宰相谈公事。谈完了之后，寇准就把刚才的上联跟他说了。杨大年盯着寇准的眼睛，稍微一琢磨，马上对了一句：

眼中人是面前人

寇准说的是日影，杨大年就对了个人影。我往你眼前一站，你眼珠里准能照出我的人影，这就叫“眼中人是面前人”。

袁世凯品联识杀机

1908年，正逢袁世凯五十岁大寿。此时他任军机大臣兼外务部尚书，可谓朝廷柱石，深得慈禧太后倚重，讨好他的人也有一大帮。因此，刚到八月，送寿礼的人就踏破了袁家的门槛，更有一批寿联从四面八方送上门来。

袁世凯的长子袁克定，是这次寿宴的总管。他从近千副对联中，选出五百副悬挂在大厅里。到了寿宴这天，客人到齐以后，袁世凯在众人的簇拥下，满面春风地步入大厅，和大家一起品评寿联。

那些寿联多是拍马之作，无非是歌功颂德，祝寿祝福。袁世凯边看边点头，贺客们则极尽溜须拍马之能事。突然，袁世凯对着一副寿联皱起了眉头。众人一怔，抬眼看去，见是一副没有落款的寿联，只有短短的十六个字：

戊戌八月，戊申八月
我皇万年，我公万年

众人不解，这寿联怎么了？戊戌八月，也就是十年前的八月，以康有为为首的一帮改良派推动光绪皇帝实行变法，要求学习西方，改革政治。暗地里仍把持朝政的慈禧太后，强烈反对变法，毫不手软地镇压了变法运动，囚禁了光绪皇帝。而袁世凯在这次事件中，表面上与光绪套近乎，暗地里却向慈禧通风报信，成为有功之臣。如今十年过去了，慈禧依然大权在握，光绪依然被囚，袁世凯渐渐有了独专国柄的趋势。这副寿联其实是对袁世凯这十年的总结，对未来的展望，不过是写实罢了，会有什么问题？

袁世凯皱了一会儿眉头，转脸吩咐儿子：“把这副寿联撤掉！”

袁克定也是一怔，小心问：“这寿联有什么毛病吗？”

袁世凯说：“书法太臭，观之不雅。”

袁克定依言照办，但心里却有疑惑。待到寿宴结束，袁克定向父亲请教缘由。袁世凯对着儿子叹口气，说：“你呀，叫我怎么说你！‘戊戌八月’这四个字，暗指的是光绪被囚。在我的寿辰重提此事，若被太后知道了，心里能不犯堵吗？如果康梁余党听说了，能不恨我吗？更何况把‘我公’与‘我皇’相提并论，那可是犯了杀头之禁！而且还要'万年'！'万年'与'万岁'虽有一字之差，意思不是一样的吗？所以，这副寿联看似字字珠玑，其实暗藏杀机；明着颂我，暗中害我。撰寿联而不署款，显然别有用心。"

袁克定听完吓出一头冷汗，心说父亲老谋深算，可真是名不虚传。从此对父亲更加佩服，事事言听计从。

DUILIAN

祝枝山巧念对联

星期六

明朝书法家祝枝山，虽出生于富贵之家，却疾恶如仇，常替百姓说话。

有一年除夕，一个姓钱的财主请他题写对联。祝枝山想：“这个财主平时欺压百姓，我何不借机奚落他一番？”于是，他提笔写了两副对联：

明日逢春好不晦气
终年倒运少有余财

此地安能居住
其人好不悲伤

钱财主看后气急败坏，把他告到了县衙，说祝枝山辱骂他。县令立即传来了祝枝山。祝枝山笑着说：“大人，我一个读书人，知书达理，怎么会出口伤人呢？我写的全是吉利的话呀！”钱财主听后，愤怒地说道：“大人，您听听，‘明日逢春——好不晦气，终年倒运——少有余财’，还有那‘此地——安能居住，其人——好不悲伤’，这是吉利话吗？全都是些晦气话！”

祝枝山听后哈哈大笑，以讥讽的口气说道：“钱老爷，谁叫你如此断句呢？应该这样念：‘明日逢春好，不晦气；终年倒运少，有余财’。‘此地安，能居住；其人好，不悲伤’。”

县令和财主听后，目瞪口呆，无言对答。好半天，县令才如梦方醒，呵斥财主说：“只怪你才疏学浅，还不快给先生赔罪！”财主无奈，只好连连道歉。祝枝山哈哈大笑，扬长而去。

DUI LIAN

少年欧阳修对对子

星期六

北宋欧阳修四岁而孤，其母含辛茹苦，亲自教其识字。因家贫买不起纸，以芦荻画地成书。贫苦的生活令欧阳修磨炼出刚强的个性，从不向恶势力低头。

有一次，街上来了一个算命先生，鹤发童颜，望之有如神仙。其实那老者是一个辞官归隐的读书人。

他见欧阳修天庭饱满，日后必成大器，但过于刚强，日后仕途恐有挫折。老者有意开导他，便说道："看你的机灵模样，想必读书不少，能对句吗？"

欧阳修一口答应，老者便道出上联：

齿刚唇柔，刚者不如柔者久，柔能克刚

欧阳修年纪还小，一时不明老者之意，还以为老者讥笑于他，于是答道：

眉先须后，先生何似后生长，后来居上

老者点头称赞，但不禁心中暗叹。后来欧阳修果然大有作为，但在朝堂上多次直谏逆旨，屡遭贬谪，晚年锐气尽消。

DUI LIAN

切瓜分客

星期六

明代文学家蒋焘，从小就才思敏捷，蜚声乡里。

有一天，蒋焘的爷爷带他到一座庙里去玩。蒋焘连蹦带跳地从高高的台阶上跳下来，爷爷见了，笑着出了个上联：

三跳，跳下地

蒋焘在下边一抬头，正好看见树上有只小鸟扑扇着翅膀，一飞冲天。他马上对了一句：

一飞，飞上天。

爷爷听了很高兴，连连赞好。

有一次，蒋焘父亲的朋友们来访，大家都围坐在厅堂吟诗联对。这时，窗外忽然乌云密布，又刮起了大风。没一会儿就下起了大雨，雨点噼里啪啦打在窗户上。有一位客人看见窗户纸上的雨点印，触景生情，出一上联求对：

冻雨洒窗，东两点西三点

这上联的意思是说，冰凉的雨点打在窗户上，东边窗户上有雨点，西边窗户上也有雨点。从文字上讲，巧就巧在“冻雨”的“冻”字，是由“东”和两点组成，“洒窗”的“洒”字是由“西”和三点组成。这样，联意既说明了当时雨打窗户的情景，又说明了“冻”“洒”两字的组成。所以，下联说的事必须与前半句互有关联，字还得能拼成前半句的第一、三两个字，可真够难的。在座的众人苦思冥想，难以应对，厅堂里一时沉默。

这时，仆人送上一只西瓜来，蒋焘的父亲，连忙切瓜分片，请客人们吃瓜。蒋焘站在一旁看父亲切瓜，即景生智，高声说：“我来试试！”接着吟道：

切瓜分客，横七刀竖八刀

一语既出，满座惊叹。下联的前半句“切瓜分客”，说的是当时吃瓜的事。后半句“横七刀”“竖八刀”是指切瓜，跟前半句有直接关系。同时“七”“刀”左右横看，合起来，是前半句的第一个字“切”；“八”“刀”上下竖看，合起来是第三个字“分”。客人们皆赞叹不已。

DUI LIAN

焉知鱼不化为龙

星期六

明代著名的学者丘濬，幼年在学堂念书时，遇到过这么一件事。

一天早晨，外面大雨滂沱，学堂里漏雨，大家就都争着坐淋不到雨的座位。当时和丘濬争座位的，是当地一个显贵的儿子，两人互不相让，争得面红耳赤。老师看见了说："你俩不要争，我有一句五字联，能对上的坐好位置。"接着念道：

细雨肩头滴

显贵的儿子目瞪口呆，对不上来，丘濬却胸有成竹地道：

青云足下生

老师一听果然好对，便把淋不到雨的座位给了丘濬。

显贵的儿子不服气，放学回家向父亲哭诉。显贵听了大怒，立即差人把丘濬叫到家里来，一见面，就气急败坏地喝道：

谁谓犬能欺得虎

丘濬鄙视地一笑，从容答道：

焉知鱼不化为龙

显贵一听，心知小丘濬非等闲之辈，长大后定有出息，无话可说，连忙放他回去了。

丘濬长大后，果真大有出息。他于景泰年间中进士，后授编修，成化年间为国子监祭酒。明孝宗即位，任礼部尚书，兼文渊阁大学士，参与机务。他天性好学，一生勤奋，晚年右目失明，乃坚持阅读，披览不辍。

DUILIAN

郑板桥续联

星期六

这一年，有一位举子赴京考试。他起个大早赶路，过一条独木桥时，迎面走来一个挑土的农民。两人谁也过不去，必须有个人让路才行，但两人都有不让的理由。举子说：“我是读书人，自古道‘万般皆下品，唯有读书高’，应该我先走。”这农民也极机智，说：“我是挑担子的，自古道‘挑担不让空手人’，应该我先走。”双方一时争执了起来。

这时农民说：“你既然是读书人，我就出个对子，你能对上，我让；对不上，你让。”举子满口答应下来。农民道：

一担重泥拦子路

对联表面上是说一担泥拦了举子的去路，巧在谐音上，嵌了“重泥”即仲尼（孔子）和子路（孔子学生）两个人的名字。举子竟一时对不上来，只好退让。

眼看着农民大摇大摆地过桥而去。举子越想越气，下定决心非要对出下联不可，便找个客店住下。谁料想竟一病不起，临死时嘱咐客店老板，把他葬在桥旁，立两块石碑，一块刻着上联，另一块空着。老板都照办了。

不知过了多少年，那石碑一直空着，无人能对上。这一天，来了一位文人，看了碑上的上联点点头，在河边踱起方步来。这时，河岸有几名纤夫刚刚拉完一条船，一行人正笑嘻嘻地往回走，准备拉下一条船。他立刻来了灵感，当即请人找来笔墨，在石碑上一挥而就：

两岸夫子笑颜回

虽说写的是纤夫，联中也嵌进孔子（人称孔夫子）和他的另一个学生颜回的名字。这文人就是大名鼎鼎的郑板桥。

乞丐妙笔填对

从前，某城里有个年轻秀才，满腹才学却有些恃才傲物，经常出一些小题目捉弄他人。

一天，秀才突发奇想，写下两行字贴在自家门前，说是谁能填上几笔成为一副妙联，便可赢白银十两，错者输五两。

对联贴出之后，不少人前来观看，只见上面写的是：

海水朝朝朝朝朝朝朝落

河水长长长长长长长消

大家交头接耳，商量如何添笔，都想借机收拾一下这个妄自尊大的秀才，但一时之间竟没有人能填上。

对联贴出有几天了，围观的人群络绎不绝，竟无一人能填。秀才稳坐门前，摇头晃脑地嘲讽道：“今日无人能对，回去学他五年再来吧！”

这时，人群中挤出一个人来，只见他头戴一顶破斗笠，衣衫褴褛，打着赤脚，原来是个要饭的乞丐。秀才一看心中十分不悦：“一个穷叫花子，来凑啥热闹！”乞丐不慌不忙，上前道：“小兄弟，你这对联不过是雕虫小技，没有什么稀奇的！”秀才一听，说道：“好你个老东西，竟敢口出狂言。”乞丐听他出口伤人，便当众说道：“在场各位作个见证，今天我要是上了，他必定要付我十两白银；如果我没上，我就趴在地上学狗叫，说话算数。”

在场众人一听哈哈大笑，秀才料定他填不出，便一口答应了。乞丐走上前，拿起笔来在对联上添了几笔，两手背向身后，笑眯眯地看着秀才。这时众人看了看那副改好的对联，先是一愣，随即场上一哄而起，喧闹声、喝彩声震耳欲聋。原来，乞丐将原联添成：

海水潮朝朝潮朝潮朝落
河水涨长长涨长涨长消

乞丐添得十分巧妙，秀才看了也不得不服，只得将银两如数交给了乞丐。

《对子歌》摘录赏析

《对子歌》不是对联，却是对联的基础，就好比修炼武功的“心法”。《对子歌》没有具体的作者，却是从古至今流传下来的。比较有名的儿童启蒙读本《笠翁对韵》和《声律启蒙》也是“对子歌”中的一种。现摘录部分如下：

情怀

忧对喜，性对心。意气对精神。钟情对减兴，息怒对生嗔。

旅客愁怀堆万斛，佳人笑靥值千金。

声色

声对色，艳对香。月影对星光。山形对地势，挹（yì）秀对腾芳。

去国心如帆影没，思乡梦与角声长。

时令

朝对暮，夏对春。五戊对三更。重阳对七夕，冬至对秋分。

三百枯棋消永昼，十千美酒赏芳辰。

地理

溪对谷，水对山。峻岭对狂澜。柳堤对花苑，涧壑对峰峦。

舟横清浅水村晚，路入翠微山寺寒。

鸟兽

麟对凤，鹭对莺。马走对牛鸣。猴玄对豹赤，象白对鸾青。

蝴蝶梦中家万里，子规枝上月三更。

色彩

黄对白，黑对红。碧草对青松。丹墀（chí）对紫阁，绀（gàn）发对青瞳。鹅黄鸭绿分深浅，月白天蓝别淡浓。

山水

山对水，海对河，雪竹对烟萝。新欢对旧恨，痛饮对高歌。琴再抚，剑重磨，媚柳对枯荷。荷盘从雨洗，柳线任风搓。饮酒岂知欹（qī）醉帽，观棋不觉烂樵柯。山寺清幽，直踞千寻云岭；江楼宏敞，遥临万顷烟波。

草木

松对柏，柳对花。紫萼对红葩。葡萄对橄榄，石竹对山茶。翠麦摇风千顷浪，红桃映日万川霞。

水介

虾对蟹，鲫对鳊。
双鲤对三鳝。
鼋（yuán）羹卿指动，
鲈脍客心悬。
鲞鲞（xiǎng）鲳鲨皆海味，
鲥鲂鲫鳜尽膳鲜。

数目

三对五，万对千。两眼对双拳。孤灯对只履（lǚ），百世对千年。春过园林花一梦，日长苑囿柳三眠。

天气

霜对露，浪对波，径菊对池荷。酒阑对歌罢，日暖对风和。梁父吟，楚狂歌，放鹤对观鹅。史才推永叔，刀笔仰萧何。种橘犹嫌千树少，寄梅谁信一枝多。林下风生，黄发村童推牧笠；江头日出，皓眉溪叟晒渔蓑。

典故

林对坞，岭对峦。
昼永对春闲。
谋深对望重，
任大对投艰。
裾袅袅，佩珊珊。
守塞对当关。
密云千里合，
新月一钩弯。
叔宝君臣皆纵逸，
重华父母是嚚（yín）顽。
名动帝畿（jī），
西蜀三苏来日下；
壮游京洛，
东吴二陆起云间。

果品

柑对橘，榧对菱。圆眼对榄仁。荔枝对松子，都李对林檎。

交梨火枣仙家品，银杏朱樱御苑珍。

蔬菜

荠对菽，藻对萍。捋笋对采芹。春来堪剪韭，秋至便思莼。

羊肚鸡跖（zhí）蔬味美，猴头凤尾菜名新。

课外练习答案

1. 一字对

例：日（月）

海（空） 明（暗） 冬（夏） 朝（暮） 雨（晴） 古（今） 浮（沉）
浅（深）

凹（凸） 贬（褒） 繁（简） 淡（浓） 生（熟） 易（难） 紧（松）
闲（忙）

清（浊） 仰（俯） 君（臣） 有（无） 勤（懒） 强（弱） 悲（喜）
离（合）

2. 二字对

例：优点（缺点）

喜欢（讨厌） 坚硬（柔软） 喜悦（悲伤） 和蔼（严厉） 降落（升起） 弯曲（笔直）

热情（冷淡） 愚蠢（聪明） 幸福（痛苦） 笨拙（灵巧） 先进（落后） 潮湿（干燥）

坚定（犹豫） 乐观（悲观） 认真（马虎） 永久（暂时） 花好（月圆） 移花（接木）

3. 三字对

例：孙行者（祖冲之）

水中鱼（镜中花） 蚕吐丝（蜂酿蜜） 辞旧岁（迎新春）

尽人事（听天命） 求大同（存小异） 钻狗洞（跃龙门）

4. 四字对

例：雪中送炭（锦上添花）

承先启后（继往开来） 千山万水（五湖四海） 望梅止渴（画饼充饥） 忠言逆耳（良药苦口） 流芳百世（遗臭万年）

引狼入室（调虎离山） 东南西北（春夏秋冬） 笔墨纸砚（琴棋书画） 大禹治水（女娲补天） 风和日丽（国泰民安）

5. 根据上联和下联关键字填空

例：水戏鱼儿鱼戏水

（蝶）恋（花儿）（花）恋（蝶）

植树造林绿大地

栽花种草（美人间）

发愤识遍天下字

立志读（完）人间（书）

风吹杨柳千门绿

（雨）润（桃花）万树（红）

欲穷千里目

（更上一层）楼

明月松间照

（清泉石上）流

先生算命，甲乙丙丁戊己庚辛

孩子数数，（一二三四五六七八）

图书在版编目(CIP)数据

对联大语文. 实战篇 / 一颖著；爱涂星际工作室绘.
—武汉：长江出版社，2022.5
ISBN 978-7-5492-8334-7

Ⅰ. ①对… Ⅱ. ①一… ②爱… Ⅲ. ①对联—文化研究—中国 Ⅳ. ①I207.6

中国版本图书馆 CIP 数据核字(2022)第 079320 号

对联大语文. 实战篇　　一颖 著 爱涂星际工作室 绘

责任编辑：张艳艳
特约编辑：张栩
美术设计：邓婕
出版发行：长江出版社
地　　址：武汉市解放大道 1863 号　　邮　　编：430010
网　　址：http://www.cjpress.com.cn
电　　话：(027)82926557(总编室)
　　　　　(027)82926806(市场营销部)
经　　销：各地新华书店
印　　刷：中印南方印刷有限公司
规　　格：710mm×1000mm　1/16　18 印张　270 千字
版　　次：2022 年 5 月第 1 版　2022 年 5 月第 1 次印刷
ISBN　978-7-5492-8334-7
定　　价：128.00 元(共三册)